夏服

杉原理生

幻冬舎ルチル文庫

CONTENTS ✦目次✦ 夏服

夏服 …… 5
キスとカレーパン …… 103
クリスマスとアイスクリーム …… 113
日なたとワイシャツ …… 179
卒業 …… 203
あとがき …… 245

✦カバーデザイン＝清水香苗（CoCo.Design）
✦ブックデザイン＝まるか工房

イラスト・テクノサマタ✦

夏服

1

ふと、電車のなかで重苦しい色合いが減っていることに気づく。初夏の明るい日差しのなか——そういえば、衣替えの季節なのだと、ぼくはドアのそばで群れている高校生たちの背中に目をやる。

沿線にいくつも高校があるので、朝のこの時間帯はさまざまな制服姿が入り混じるのだ。白いセーラー服や開襟シャツの陽《ひ》を透かすような軽やかさはなんとも涼しげで、その爽《さわ》やかな色彩につい目を奪われる。

上りの電車はラッシュできついけれども、下りの電車は朝でも比較的余裕があるので、高校生たちも思う存分話し込んでいる。まるでひとに見せつけるかのような、にぎやかな笑い声、少し甲高《かんだか》い話し声とオーバーアクション気味の表情。

あの一群を「うるさいな」と眉《まゆ》をひそめてしまうひとは、「なにもかもが楽しくてしょうがない」という時期が人間誰しも一度はあることを忘れているのではないだろうか。もしくは、記憶はあるものの、心がちょっと疲れ気味で、「見せつけるんじゃねーよ」と思わず顔をそむけたくなるような心境だとか。

かくいうぼくも、そっぽを向くほどではないが、「まったく元気だよなあ」と遠い風景を眺めるようにして目を細めてしまうのだ。自分があちら側にいたのは、つい数年前のことなのに。

ぼく――茅原朋紀《かやはらともき》は、大学四年生。お決まりのリクルートスーツを着て、ただいま就職活動の真っ最中。もっともだいぶ出遅れていて、いまの時期、周りは内定を獲得しているやつも多くて、次々とこの重苦しい戦闘服を脱いでいっているのだけれども。

ぼくはこれからどこかに向かおうとしているわけではなくて、朝帰り。昨日《きのう》はとある企業の二次試験だったのだが、その手ごたえがあまりにも良くなくて、オールナイトの映画館で一晩過ごしてきたのだ。

そして、アパートに帰らなかったのには、もうひとつ理由がある。

一昨日《おととい》、先輩と喧嘩《けんか》をした。

高校が一緒で、大学入学のときから一緒に暮らしている先輩。名を坂江俊一《さかえしゅんいち》という。坂江先輩とは、仲がいいから同居しているというよりは、同棲《どうせい》という表現のほうがふさわしい――つまりはそういう仲だ。男同士だけど。

先輩は背が高くて、黙っていると近づきがたい雰囲気すら漂うような、非常に整ったクールな容貌《ようぼう》をしている。

冷たくてふれられない、というよりは、あまりにも涼しげでつかみどころがないから、と表現したほうがいいかもしれない。整った外見にそぐわず、意外と表情が豊かなので、実際にはかなり人好きするタイプだけれども。

この春、ぼくより一年早く社会にでた先輩は、研修などでものすごく忙しそうだ。ぼくが就職活動で切羽詰まっているというのに、彼はこちらの様子にはまるで無頓着《むとんちゃく》だった。

不況時の就職難。去年自分が通った道だけに、あえて口をださないのかもしれない。いろいろいわれたらぼくもうざったいし、向こうも向こうで忙しいんだろうから、理解しているつもりでいた。それなりに気を遣っていたつもりなのに。

喧嘩になったきっかけは、ぼくの友達のこと。最近部屋によく遊びにきている中村《なかむら》は、就職活動で知り合ったひとりで、なかなか内定がもらえない連帯感もあって急速に仲良くなったやつだ。先輩が夜遅く帰ってくると、ぼくと中村が馬鹿話をしながら笑って酒飲んでる——なんてことが数回続いた。

先輩が不機嫌なのは、なんとなくわかっていた。

そりゃそうだろう。仕事で疲れて帰ってきてみれば、まだ就職も決まってないのに呑気《のんき》に笑っている馬鹿の二乗がいるんだから。

しかし、ぼくなんかと違って、もうすっかりスーツ姿が板についている先輩は、少し眉をひそめながらも薄く笑って、「しようがねえな」と大人の対応。

決して中村にいやな顔を見せるわけでもなく、ときには積極的に話に加わって、楽しそうに笑っていた。もともと先輩は、ぼくよりも社交的だし、知らない人間と話して五分後には肩を叩《たた》き合って笑えるようなタイプではあったのだ。もっとも最近は気難しい顔が目立つばかりで、「なーにすましてんだか」といってやりたいくらいだったから、生き生きと話をする先輩の姿が見られてぼくはひそかにうれしかった。が、すぐに本心からではないことがわかった。

中村が帰ったあと、ふたりきりになったときの、あの妙な沈黙。決してぼくの顔をまっすぐに見ようとはせず、「ふ――っ」と通常の五倍は長いためいきをついているような先輩の横顔。

おいおい――と、ぼくはその顔をちらちらと横目にしながら、心のなかで問いかける。なんかいいたいことがあったら、ハッキリいったらどうですか？

だけど、先輩はなにもいわない。

あたりさわりのない最低限の言葉しかいわないのは、心になにも思うところがないからではなくて、ただ単にいいあいになって喧嘩になるのが面倒くさいからに違いなかった。疲れてるし。明日も大変なんだし。ここで無駄なエネルギー使うわけにはいかないし。そんな感じ。

お互いに胸の底に封じ込めた「ちょっとそれはないんじゃない？」という思いが爆発したのは一昨日のこと。

その日、ぼくは中村と長電話をしていた。電話を切った途端、先輩は待ちかまえていたようにいった。

「ずいぶん仲がいいんだな。おまえさ、就職活動よりも、なんか妙なことに気がいってるんじゃないのか」

それは笑いを交えた、からかうような口調だったが、ぼくにはピンときた。完全な嫌味だ。

「それ、どういう意味ですか？」

「べつに？　楽しい友達見つけたんだなと思ってさ。他意はないよ」

ぼくの尖《とが》った声に反応することもなく、先輩はすぐに新聞を手にとって広げ、顔を隠すように読みはじめた。ぼくが横に回って覗《のぞ》き込んでも、眉ひとつ動かさない。露骨なはぐらかしかたに、ぼくのイライラは頂点に達した。

「ねえ、先輩。それって、俺と中村に対して失礼じゃないの？」

ぼくの問いかけを無視して、先輩はゆっくりと新聞をめくる。しばらく気難しい顔をして文字を追い続けていたけれども、ぼくが「ねえ」と腕に手をかけると、こめかみがぴくりと動いた。ふいに新聞を閉じ、「ふーっ」と息を吐いて、観念したようにぼくを見る。その目には、わずかに意地の悪いものがにじんでいた。

「失礼？　へえ、おまえが俺にしてることは失礼じゃないのか」

先輩はその日、いつもより疲れていたのかもしれない。ぼくも無意識のうちにことさら中村との仲の良さを見せつけるような真似をしていたのだろう。

電話で話しながら、ぼくは先輩の様子をひそかにうかがって、心のどこかで「だって、そっちが相手にしてくれないんだからしようがないじゃん。友達と話してるほうが楽しいんだもん」くらいのことは考えていた。でも、だからといって……。

「そういういいかたすることないんじゃない？　だいたい先輩が悪いんじゃないですか。最近、俺の話なんかどうでもいいって顔するからさ」

ぼくはキレた。そして、先輩もキレた。

「人聞きの悪いこというなよ。俺がいつ、そんな顔をした」

珍しく本気で怒った様子で、先輩は端麗な切れ長の二重の目をすっと細め、憎らしげにぼくを睨《にら》んだ。

「いつだってしてるじゃんか。いまだってそうだよ。わざとらしく新聞広げちゃったりしてさ。なんなんだよ、その態度！」

「おまえの態度こそどうなんだよ」

「そっちのほうが問題だよ。だいたい先輩はいつも勝手なんだよ」

こうなると、もう収拾がつかない。どうでもいいようなことのいいあいになって。

先に我に返って、後悔した顔を見せたのは先輩だった。ぼくのわめく声にぴたりと反論するのをやめて、黙り込む。しばらくして、その唇からこんな台詞《せりふ》がでてきた。

「——ごめん。悪かった。もうよそう」

少しも悪かったなんて思っていないくせに、そういわれてしまうと、感情のぶつける先を見失って、ぼくも沈黙するしかない。

問題はその夜、布団に入ってからだった。いつもはくっつけて敷いていた二組の布団を、ぼくは微妙に間を空けて敷いた。といっても、あからさまに離したわけではなく、ただいつもより数センチ溝がある程度。

ぼくたちが住んでいるのは、木造の二DKのアパートだ。古いつくりで、柱の木材も壁もなにもかもぼやけた色合いをしていたけれども、間取りだけはゆったりしている。手前の部屋はテレビなどが置いてあって居間的な役割を果たしていたので、奥の六畳に布団を敷いていた。別々に寝たければ、手前の六畳にひとりで布団を敷くこともできたが、それはしなかった。

布団を少しだけ離したのは、喧嘩を本格化させたいわけではないけれども、普段通りではいられないという意思表示のつもりだった。

電気を消したあと、なかなか寝付けなかった。先輩も同じだったのかもしれない。お互いにじっと息を詰めて相手の様子をうかがっているような気配があった。

寝返りを打つのもためらわれるような緊張感にぼくがいよいよ耐えられなくなったとき、先輩が「起きてるか」とたずねてきた。

起きてる、と答えると、先輩は「そっちに行く」と上半身を起こし、ぼくの布団のなかに入ってきた。

ぼくはてっきり、先輩が先ほど「ごめん。もうよそう」で片付けてしまった話の続きをすると思っていた。そりゃ、密着されてなにもされずに終わるわけないけど、まずは話をしてくれるのだろうと――先輩がぼくの頭をなで、髪に指をからめてそっと顔を寄せてきたのも、「ごめん、さっきは……」といってくれるつもりだろう、と。

けれども、先輩はなにもいわないまま、ぼくのこめかみや耳もとにキスをくりかえした。それがあまりにもやさしい仕草だったので、ぼくは先輩を押しのけられなかったものの、決してうっとりしていたわけじゃない。つきあいはじめたころだったら、その吐息を感じただけで、なにもかもどうでもよくなっただろうけれど、一緒に生活しているいまとなっては「なんでこうなるんだ？」の疑問に支配された頭は妙に冴《さ》えたままで、からだもこわばってしまったきりで。

ああ、神様、これが倦怠期《けんたいき》ってやつなのでしょうか。

相手がなにを考えてるのかよくわからない。得体の知れない塊《かたまり》にのしかかられてるみたい。意思疎通ができない相手の手なんて、まるでプラスチックのようにあたたかみのないものに感じられた。

やがて先輩の手がシャツのなかに入り込んできた。とっさに抵抗したけれども、先輩はぼくの弱々しい腕の動きをあっさりと封じる。

それでまた「どうしていやがるんだ？」とでも聞いてくれればいいのに、先輩はなにもいわずにぼくのシャツを押し上げて胸をまさぐり、一番やわらかな部分にふれてゆく。

あ、と反射的に声をだしてしまうと、先輩はさらに遠慮なしにそれを指できついくらいにつまんで、舌を這《は》わして……。

「……っ……やだったら！」

下着にも手をかけられたので、ぼくは身をよじって逃げようとした。胸に顔を埋《うず》めている先輩を押しのけようとして、やみくもに手を伸ばしているうちに、ガリッと爪《つめ》にいやな感触が残った。どうやら顔をひっかいてしまったらしい。

先輩は、そこで初めて動きを止めて、上半身を起こした。どこか茫然《ぼうぜん》とした様子で、しばらくぼくをじっと見つめていたけれども、豆電球だけの光の下、その表情はよく見えなかった。

ぼくの上から退《ど》くとき、唇が固く引き結ばれた横顔からは、硬直した感情が見てとれた。先輩はもう「ごめん」もなにもいわなかった。

――怒らせた。

そう思ったけれども、ぼくも自分から「ごめん」とはいえなかった。先輩は自分の布団に戻って、ぼくに背を向けて上掛けをかぶってしまい、その体勢のまま動かなかった。ものいわぬその背中を横目に見ながら、ぼくも動けなかった。そのうちに朝を迎え、先輩は一言も口をきかないまま会社に行き、ぼくも最悪の気分のまま試験会場に向かった——というのが、一昨日から昨日にかけての出来事。

なんでこんなことになったんだろう。

わかってる。つまりは、ちょっとした感情のすれ違い。いまの時点では、ほんのわずかなズレ。

他人のことなら「素直になって、相手に歩みよったほうがいいよ」とアドバイスできても、自分のこととなるとまったく別問題。わずかなズレが、ものすごく距離のあるものに思える。

一晩帰らなかったことで、先輩はぼくを心配してくれているだろうか。それともあきれているだろうか。もしかしたら、あいつとはこれで終わりだと思っているかもしれない。

まだ決定的な一言をいわれたわけでもないのに、頭のなかでは絶望的なシナリオができあがってゆく。

別れて——しまうのかなあ、先輩と。

そう考えるだけで、情けないことに涙がでそうになった。ぼくはあわてて目をぬぐう。いままで物思いにふけっていた耳に、車内の雑音が再びザワザワと入り込んでくる。

視線を上げると、ぼくの目の前に立っている制服姿の少女と目が合った。白い夏服のセーラー服がよく似合う、綺麗《きれい》な女の子だ。無感動にすっと視線をそらされてしまった。

朝っぱらから涙ぐんでいる若い男なんて、あやしいやつと思われただろうか。ぼくはとっさにカモフラージュのあくびなどをしてみせる。

ぼくだってもうちょっとシャキッとしているときなら、少しは格好良く見えるはずなのだ。黒目がちで、甘い目許《もと》をしているといわれる顔立ちは、先輩ほど美形じゃないかもしれないけれども、「まあまあカッコイイし、かわいい」ともほめられることもある。はたしてカッコイイのか、かわいいのか、そのどっちでもないからいいかげんに言葉を濁されているだけなのか、なんとも中途半端な形容が個人的にはとても気になるのだけれど。

考えているうちに、なんだかむりやりほめられる点をさがしだして自らを奮い立たせているようで、だんだんむなしくなってきた。

小さくためいきをついたそのとき、目の前の女の子の視線が落ち着きのないものに変わるのに気づいた。ちょうど車内のアナウンスが次の駅への到着を告げたときだ。電車が止まって、戸口が開く。車内の乗客が流れだし、代わりにホームからの乗客が乗り込んでくる。

知り合いでもいるのか、彼女は人の流れに目を凝らしていた。やがてその目がぱっと見開いたかと思うと、何事もなかったように前を向く。誰かが乗ってきたことを確認したように。

彼女と同じ方向に目を走らせていたぼくは、すぐに彼女のお目当てがわかった。ははーん、あれか。毎朝同じ車両に乗り込んでくる、気になる彼ってやつか。

その彼は、白い開襟シャツ姿の高校生だった。すらりとした長身で、端正な顔立ちをしている。なるほど、女の子のほうから目をつけたくなるのもよくわかる。

彼女の憧れの彼は、最初すました顔をして戸口のそばに立っていたが、次の駅で乗り込んできた同じ高校の友達に声をかけられると、破顔一笑する。黙っていると大人びた印象なのに、友達と話している表情は年齢相応に生き生きとしていた。

その屈託なく笑う様子に、ふいに誰かの面影がオーバーラップする。

——あの高校生、先輩に似てる。

そう思ったら、ぼくは彼の一挙一動から目を離せなくなった。先輩も普段はすましているのに、笑っているときはあんなふうに楽しそうだったっけ。

最近、先輩は笑わない。むっつりした顔ばっかりしていて。

あんなふうな先輩の笑顔を、ほとんど見ていないことに、ぼくはあらためて気づく。いつからだろう。先輩が笑わなくなったのは。

ぼくが就職活動であたふたしはじめたころからだろうか。先輩が学生じゃなくなって、会社に勤めはじめてからだろうか。

いつからすれちがいが始まってるんだろう……。

戸口に立っている高校生の横顔が窓からの日差しでハレーションを起こして、ぼくの瞳のなかで先輩のものとすりかわる。高校生のころの先輩の横顔に。

ぼくは、あのころ——目の前に立っている女の子みたいに先輩を見ていたのかもしれない。

隠しているつもりでもバレバレで、下手《へた》に小細工する余裕もなくて、一途《いちず》で、相手のことが眩《まぶ》しくてまっすぐには見つめられないくらいで……。

目を閉じて、瞼《まぶた》の裏にある情景の記憶を追っているうちに、再び車内の喧騒が遠くなった。

見えてきた。六年前の初夏の日差し。そういえば、先輩と初めて口をきいたのも、ちょうど夏服のころだったっけ……。

2

ぼくが先輩と初めて出会ったのは、高校一年のとき――衣替えを終えたばかりの六月の初めだった。

高校に入学して、四月、五月はわけがわからないままにあわただしく過ぎていき、ようやく新しい学校生活にも慣れたころだ。

一緒につるむ友達の顔ぶれもほぼ決まり、ついでに定期テストの結果を見て、この学校での自分の学力順位、その先の展望も否応《いやおう》なしに決定されてしまった。

はっきりいってかんばしくなかったのだが、かなり無理して入ったランクの学校ではあったから、冷静に自分の実力を考えれば「ま、こんなもんでしょ」という感じだった。ぼくの頭の出来は努力してそこそこ程度、決して優れたものではない。四つ年上の兄貴はぼくよりも勉強してないように見えるくせに、いつも成績優秀者だったが、「お兄ちゃんと同じぐらい」になんてできるわけもなかった。

本人がこんなふうに達観していても、両親ともに教師、ついでにいうなら祖父母も教師という教育関係者一家に生まれてしまっては、周りがその事実をなかなか認めてくれないのが少し厄介ではあったけれども。

ぼくの学校は県内の公立では五指に入る進学校で、普通科のほかに英語科、さらには理数科なるものがあった。普通科よりも英語科、さらには理数科のほうがレベルは高い。スレスレで入ったぼくは当然のことながら普通科、先輩は優秀な理数科の生徒だった。

高校は自宅から自転車で二十分ほどの距離だったけれども、電車を使うと四十分近くかかった。これは高校が駅から離れた辺鄙《へんぴ》な場所にあったうえに、ぼくの家も同じく最寄り駅までバスを使わなければならない不便なところにあったためだ。

都心のベッドタウンとしては少し遠く、けれども山奥というほど田舎でもなく、それなりの田畑や緑に彩られ、中途半端に時間がゆるやかに流れているような地域だった。

自転車通学のほうが近くても、学校帰りに駅周辺で寄り道をしたいと目論《もくろ》んでいたぼくは電車通学を選んだ。

しかし、新生活の緊張も途切れるころになると、朝寝坊も多くなる。ギリギリに起きたときに、朝飯抜きで電車に乗るよりは自転車で走り、途中のコンビニで優雅な買い食い朝食タイムをとるほうがいいに決まっていた。

「電車は間に合わないけど自転車なら間に合う」――そういうとき、ぼくは髪の寝癖を直すひまもなく自転車に飛び乗り、やけに上り坂が多い学校までの道のりを、腿《もも》に気合を入れて走り抜けるはめになるのだ。必然的に自転車で通う回数が増えることになったのはいうまでもない。

学校に向かう途中には、中継地点ともいえるコンビニエンスストアがあって、自転車通学の連中がよく集まっていた。

ぼくと先輩が出会ったのは、そのコンビニだった。


毎朝コンビニに立ち寄るようになってから、すぐにカッコイイひとがいるな、と気づいた。

背が高くて、立っているだけで目立つ。女の子に騒がれそうな整った顔立ちだが、あまり甘い雰囲気はなく、サラサラと額《ひたい》にかかる髪が涼しげな印象を与えていた。ほっそりとして見えたけれども、軟弱なところは皆無で、いつもすらりと背すじを伸ばして、長い手足をもてあましているような風情《ふぜい》で首だけ少し傾けて、なにか物思いにふけるような顔をして立っていた。

初めて見たとき、ガヤガヤ騒ぐ高校生のなかにひとり異質なのが紛れ込んでいるというか、とにかく大人っぽいひとだな、と思った。

現れるのは、たいていぼくと同じ時間帯。ぼくが店内に入ってパンを選んでいると、そのひとが入ってきて、ぼくよりも先にパンや飲み物を選んでさっとレジに行くのだ。

それが坂江俊一先輩だった。先輩は、自転車通学の途中でぼくと同じように朝食をとるためにコンビニに立ち寄っていたのだ。

店の外に出て自転車のところに戻った先輩は、無表情のまま、もどかしげにパンの袋を開け、五口くらいで中身をたいらげたあと、ペットボトルに口をつけてそれを流し込む。その間、わずか一分にも満たない。

実際、かなりワイルドな食べ方だったのだが、不思議と荒々しくは見えなかった。それは先輩の表情がまるでなにか苦悩を抱えているように神経質に見えたからかもしれない。

不機嫌そうというか、えらく不味《まず》そうにものを食べるひとだな、と思った。

ひとりで食べているときにニコニコしていたら、そっちのほうが不気味だけれども、そこまで不味そうな顔をして食べなくてもいいだろうに。

最初は「カッコイイ先輩」だと思っていたのだが、何回か見るうちに、ぼくのなかでの評価は「早食いで、不味そうにパンを食う、変な先輩」に変わった。いつのまにかぼくの目は彼の姿を追うようになる。どうしてかはわからない。気づいたらそうなっていた

先輩の姿が見えないうちはコンビニを出ることができず、ぼくはパンの棚の前でうろうろと迷う振りをしながら、ドアが開くたびに入ってくるひとの顔を確認した。先輩だ、と思うと、すっと視線をそらし、彼がパンをひっつかんでレジに向かうのをたしかめてから、初めてその背中を見る。

外に出ると、先輩の食べているさまを気づかれないように横目で観察した。彼が颯爽《さっそう》と自転車に飛び乗って走りだすのを見送ると、食べかけのパンをあわてて口に押し込み、あとを追いかけたと思われないように少し間隔をおいて走りだす。

たいてい先輩の背中は、ぼくをぐんぐんと引き離して先に行ってしまう。信号にでもひっかかろうものなら、途端にその姿は見えなくなる。

なにをそんなに一生懸命になって追いかけているのかわからないまま、ぼくは必死に自転車を走らせた。先輩の姿を見失うと、せっかく芸をしたのにご褒美がもらえない仔犬《こいぬ》のように落胆した気持ちになった。

なにやってるんだよ、俺——と、馬鹿馬鹿しく思いながらも、ぼくは先輩の姿を追わずにはいられなかった。

先輩は、最初ぼくのことなど気にも留めていないようだった。というか、ぼくは先輩と極力目を合わせないようにしていたので、彼がいつからぼくの存在に気づいていたのかよくわからない。

変化が現れたのは、ぼくが先輩との独りよがりの追いかけっこを始めて一週間ほどたったときだった。

コンビニのなかでの、先輩の滞在時間が明らかに長くなったのだ。いつもはコロッケパンか焼きそばパンをつかむと、飲み物もすぐに決めてレジに向かうのが常だったのに、パンの棚の前で迷うような素振りを見せるようになった。当然、そばにいるぼくは冷や汗ダラダラ状態。

なにやってんですか、先輩。早くレジに行ってください。じゃないと、まともに視線があげられないじゃないですかっ。

ときには、先輩はぼくのすぐそばまで接近してきて、目の前にひょいと腕を伸ばして商品をとってみたりする。シャンプーの匂《にお》いが鼻先をかすめるほどの近距離だった。

店を出て、自転車のところにとどまってものを食べている時間も長くなった。早食いがトレードマークだったはずなのに。

ひょっとしてワザと？

疑念がわいたのは、先輩のその行動が二、三日で終わらなかったうえに、自転車のところでパンを食べているとき、その視線がちらちらとぼくに向けられているような気がしてならなかったからだ。

しかも、食べ終わっても、なかなか走りださない。そろそろ出発しないと遅刻になってしまうという時間になって初めて、先輩はやれやれといった様子で自転車をこぎはじめるのだ。

そんな状態が続いたある日のこと、ぼくがコンビニにたどりつくと、先輩がもうすでに自転車を止めてパンをかじっていた。

少しだけ離れた位置に自転車を止めたぼくを、先輩はさりげないふうに見ていた——ような気がする。ぼくはその視線から逃げるようにしてコンビニに入った。

なんだよ、いつもと時間が違うじゃんか。

もしかしたら、すぐに先輩が出発してしまうかもしれないと思って、ぼくはあわててパンを買って店の外に出た。

梅雨《つゆ》に入る前の初夏の空は、雲こそ多いけれどもコントラストのはっきりとした綺麗な青で、日差しは瞼に心地よい眩しさをつくりだしていた。先輩は顔をこころもち上向かせ、目を細めるようにしながら、缶コーヒーに口をつけていた。

相手の視線が上空に向けられているのをいいことに、ぼくは先輩をじっくり観察した。

真っ白い半袖《はんそで》のシャツは、朝の光をやさしく反射していた。先輩の襟元から、ほどよく日焼けしたなめらかな肌がのぞく。袖口から長い腕がすっとかたちよく伸び、缶コーヒーを口に運ぶために折り曲げられ、動く。

先輩の右腕は、からだ全体のバランスには少し不似合いに思えるほど、しなやかだけれども厚みのある筋肉をもっていた。それは幹のようにうねりをもって、しっかりと盛りあがっている。

なんてことはない動作に見惚《みと》れたのは、そのアンバランスさが不可思議な胸の動悸《どうき》とともに、ぼくの目に鮮烈に焼きつけられたからだ。

――ヤバイ。

どうしてこんなにドキドキするんだ。

それまで自転車で先輩を追いかけているときも、「変なんじゃないか」と思ったけれども、ヤバイと思ったのは初めてだった。

なにがヤバイって、よくわからないけれども、これ以上はヤバイ。

先輩がふっとぼくに視線を向けた。あまりに突然で、ぼくは目をそらすことができなかった。先輩は、なにかいいたげな顔をした——と思った瞬間、ぼくと先輩のあいだに「おーい、坂江」という大声が割って入った。

「なにしてんだよ。のんびり食ってたら、遅刻するぞ」

ちょうどコンビニの前を通りかかった先輩の同級生が、自転車を止めて話しかけたのだ。先輩は同級生を振り返る。一瞬にして、その曖昧《あいまい》で、曇り空を思わせるような表情が晴れやかなものに変わった。

「うるせーな。いま行くとこだよ」

少し乱暴にそういいかえす先輩の横顔は、口調とは裏腹に楽しそうに笑っていた。

ぼくは先輩から目を離すことができなかった。ひとりでいるときはいつも難しいことを考えているみたいに不機嫌で、不味そうにものを食べる先輩の笑顔を、このとき初めて見たのだ。

「あれ、坂江、もう食い終わっちゃってるの？　少しもらおうかと思ったのに」

「やらないよ、おまえなんかに」

先輩は顔をしかめ、唇に笑いを残したまま同級生に小さく舌をだす。意外に子どもっぽい表情をするのに驚いたけれども、先輩の声は想像していたとおり、涼やかで落ち着いた響きをもっていた。

同級生が「おい、行こうぜ」と声をかけると、先輩は「おう」と応《こた》えて自転車にまたがり、そのままいったんバックしてゴミ箱のそばまで行くと、缶を投げ捨てる。

ぼくは放心したように先輩の動きを目で追っていた。

――笑った顔を、初めて見た。

あんなふうに笑うんだ。あんなふうにしゃべるんだ。坂江、って名字なんだ。

なにもかも、ぼくの想像よりも生き生きとしていて、鮮やかで、圧倒されてしまって。

ゴミを捨ててから、同級生のあとに続いて道路に走りだそうとした先輩は、ゆるやかに大きなカーブを描いて、ぼくのすぐそばを通り抜ける。

そのとき、ぼくに向けられた先輩の顔は、もういつものすました表情を取り戻していた。どことなくこちらをさぐるような、冴えた目つき。

まともに目が合い、あわててそらそうとしたけれども、ぼくは馬鹿みたいにまばたきをくりかえすしかなかった。先輩はなにかいいたげな顔をして、走り去る瞬間、わずかに唇の端を上げた。

――笑われた？　バレた？

瞬時にカーッと耳が熱くなるのを感じながら、ぼくは遠ざかる先輩の背中から目を離すことができなかった。

その日以降、ありがたいことに本格的な梅雨に突入して、自転車で行きたくとも行けない日々が続いた。

時間をおくと、だんだん冷静になってきて、ぼくは自分の行動がヤバイと思いはじめるようになった。

あの日の先輩の口許に浮かんだ笑みを思いだすたび、もう二度とあのコンビニには立ち寄るまい、先輩のことも絶対に見るまい、と自らにいいきかせた。

いくらカッコよくたって、男の先輩を見てドキドキするなんて、変じゃないか？　これってちょっとストーカー入っている？

追いかける前に気づけ、と自分自身にツッコミを入れたくなったけれども、同時に「そんなんじゃないんだけどなあ」と反論したい気持ちも多分にあって……。

ぼくは、危ないとか変だとか、そんなつもりはまったくなかったのだ。

だって、ぼくはただ、先輩の姿を見ていたいだけで。そこにイヤラシイ意味などなくて。少しでも長い時間コンビニで一緒になると、一日中うれしくて。姿が見えないと、がっかりするだけで。そう——とても単純なこと。

変なたとえだけれども、毎朝通りかかる家の、お気に入りの犬が犬小屋から顔をだしてこちらをじっと見てくれていると幸せな気分になるし、何日も姿が見えないと心配になるし。いくらその犬がメチャクチャ好きだからって、変なイタズラしようとか攫《さら》ってこようとは思わないし。

それと同じで、先輩に対する気持ちも、ぼくの日常のささやかな楽しみ、ってやつなのだ。よくいうじゃないか。同性に憧れるのは、ハシカみたいなものだって。

自分で納得してしまうと、ぼくは「二度とコンビニには寄るまい」と考えたことも忘れて、先輩に会いたくてたまらなくなった。あの笑いは、確実にぼくを馬鹿にしていた。いまさらかもしれないけど、「ほんとに変な意味なんてないんです、気味が悪いって誤解しないでください」と訴えたかった。

そのときのぼくはまだ、先輩への気持ちがお気に入りの犬に対するものより上等とはいえ、基本的には変わらない類《たぐい》のものだと信じていた。カッコイイひとだから、目を引かれてしまうだけだ、と。

いくら近づいてみたくても、現実にはいきなり上級生に話しかけられるわけもないし、話しかけるつもりもなかった。考えれば考えるほどむなしい一人芝居を演じているようで、ぼくはもういいかげん疲れて、先輩のことなんて考えるのはやめようと思った。

友達としゃべりながら電車に乗って学校に通っていると、汗だくで自転車に乗って先輩の背中を追いかけていたことなど夢だったように思えてしまう。

なんであんなことしてたんだろう。

なにがうれしくて、男の先輩なんて盗み見ていたのだろうか。なにを求めて、必死にあの背中を追っていたのだろうか。

電車の戸口に立って鬱々《うつうつ》とした雨粒が窓を叩くさまを眺めながら、ぼんやりかすんだガラスに先輩と似た背格好が映るたび、ぼくはあわてて後ろを振り返った。人違いだとわかると、コンビニの前に立っている先輩の姿を脳裏に甦《よみがえ》らせながら、こつんと窓に額をぶつける。駄目だ駄目だ、少し頭を冷やせ、と。

先輩の横顔。広い背中。真っ白なシャツの袖から伸びた、思いのほか逞《たくま》しい腕。そして――やわらかな日差しのような笑顔。

べつになんでもなかった。意味なんてなかった。大丈夫だ。ぼくはハシカなんてすぐに治してみせる。

梅雨の晴れ間、ぼくは久々に明るい日差しを背中いっぱいに受けとめながら自転車で学校に向かった。

しばらく時間を置いているあいだに、ハシカは完治したつもりだった。先輩を目で追っていたことなど、まるで遠い夢のように思える。たとえ先輩と真正面から向き合うことがあっても、まったく動じない自信があった。しかし、それは根拠のない思い込みのようなもので、コンビニの前まできた途端に、あっけなく崩れ去ってしまった。

ぼくのことを「変なやつ」と思って少しでも不快に感じていたのであれば、先輩はコンビニに立ち寄るのをやめるか、せめてぼくと一緒にならないように時間をずらすはずだった。はたして先輩は、いつもと変わらぬ風情でコンビニの前に自転車を止めて立っていた。なぜかひと待ち顔で。というのも、道路のほうを向いていて、ぼくが走ってくるのをじっと見ていたからだ。

ここで立ち寄らずに走り去ってしまえばよかったのだが、ぼくは妙な意地を張って、動揺しまくる感情は決しておもてにださぬまま、自転車をコンビニの敷地内に入れて止めた。

大丈夫だ、もうハシカは治った、マトモになった——そういいきかせながら自転車を降り、コンビニの入口に向かって足を一歩踏みだした途端、後ろから声をかけられた。

「おい、待てよ。そこの一年」

振り返ると、先輩が悪戯《いたずら》っぽい笑みを浮かべながら、ひらひらとメロンパンの包みを右手にもって揺らしていた。

「これやるよ。あまったんだ。いつも食べてるやつだろ」

先輩がぼくに声をかけてくれた——だが、そのときはうれしいよりも、得体の知れない恐怖のほうが勝った。やさしく笑っているけれども、一気に豹変《ひょうへん》して「いつも見てるんじゃねえよ、コラ」とスゴまれるのではないかと思って。

馬鹿みたいに硬直して突っ立っているぼくのもとに、先輩は不思議そうに小首をかしげながら「ほら」とメロンパンをぶらさげて近づいてきた。

「おまえとよく一緒になるよな。しばらく見なかったけど、今日あたりくるんじゃないかなと思って。いい天気だし。おまえ、パンの棚の前で毎日時間かけて悩んで選んでるけど、結局いつも同じの買って食べてるだろ」

見透かされている、と思った。パンを選ぶために棚の前に立っているわけではなく、先輩の姿を見るために時間をかせいでいることを。

頭にカーッと血がのぼって、次の瞬間、ぼくは「ごめんなさい」と頭を下げていた。気が動転するあまり、言葉が勝手に飛びだす。

「俺、ストーカーとかじゃないんです。ただ、先輩のことカッコイイなっていうか、えらく不味そうにもの食うな、とか思って見てただけで。俺は犬が好きで、毎日かわいいなと思って見てる犬とかいるんですけど、それと一緒というか、べつに意味なんてなくて、ただ姿を見れたらラッキー、みたいな」

――完璧《かんぺき》に、アホだ。

思いだすたびに、ぼくは死にたい。いや、実際に後々このときのことを先輩に話題にされるたび、何度悶死《もんし》しそうになったことか。

「俺を見てた……？　犬って、なんのことだ？」

先輩の茫然とした呟《つぶや》きに、ぼくは「え？」と顔を上げる。そのときになってようやく、独りよがりの早合点に気づいた。

先輩は、ぼくが見ていたことを不審に思っていたわけではなかった。ただ毎日のように一緒になるから顔を覚えていて、親近感をもって声をかけてくれただけなのだ。

眩暈《めまい》を覚えそうになった。そのまま倒れてしまえば救われたのだが、実際は気を失うこともできずに、ぼくはわなわなと唇を震わせて立っているだけだった。

初めはあっけにとられていた先輩も、ぼくのそんな様子を見て興味をひかれたのか、口許にからかうような笑みを浮かべた。

「おまえ、俺を見てたわけ？　なんで？」

いつもは苦悩する哲学者みたいな顔してるくせに、こういう意地悪な表情もできるんだ、このひと――と思った途端、心のなかでブチリとなにかがキレた。

「だ……だから、いまいったじゃないですかっ！　理由をっ！　詳細明確にっ！」

先輩は唖然《あぜん》とした表情でぼくを見つめたあと、ぷっと噴きだした。くっくっと肩を震わせておかしそうに笑いながら、なだめるような視線をぼくに向ける。

「待てよ。なんで俺が怒られなきゃいけないわけ？」

「だ、だって……」

耳を熱くさせながら言葉に詰まるぼくに、先輩は笑ったまま目を細めて、「まあ、いいよ」とメロンパンを再び差しだした。

「これあげるから。食べな」

先輩はそれ以上ぼくのおかしな言動を追及することもなかった。この場を無難に切り抜けるにはそれしかないような気がして、ぼくはメロンパンを受け取った。

いただきます、と半ば自棄《やけ》気味にメロンパンにかぶりつくぼくを、先輩は茶化すわけでもなく、やさしげに見ていた。自転車のところに戻るときに、ぼくの肩をぽんと軽く叩いていく。

「ごめんな。朝から興奮させちゃったな」

その瞬間、口のなかにほんわり広がるメロンパンの甘みを噛《か》みしめると同時に、ぼくのハシカはもっと重症になった。

パンの棚の前でえらく時間をかけてパンを選んで、なおかつ食べるときもノロノロしているぼくのことを、「ぱっと買って、ぱっと食う」自分とは正反対だな、と思って先輩は見ていたそうだ。

先輩がぎりぎりの時間までコンビニを出発しなかった理由も、単純なことだった。ご親切にも、ぼくのことを遅刻しやしないかと心配してくれていたらしい。要するに、「まだ食ってるよ、大丈夫かよ、あいつ」と思ってハラハラしながら見ていたそうだ。

「だって、おまえが最後まで食べきるの、見たことないからさ」

そりゃそうだろう。先輩が出発したのを見届けてから、ぼくはあわてて残りのパンを口に押し込むのが常だったのだから。

先輩は、ぼくが「先輩を見ていた」と告げた意味については深く言及しなかった。聞くほどのことでもないと思ったのか、あえて追及しなかったのかよくわからない。

メロンパンをくれた日から、先輩はコンビニで会うたびに笑顔で話しかけてくれるようになった。名前も覚えてくれて、校内で会ったときにも「茅原」と親しげに声をかけてくれる。

ただ見ているだけの関係から急速に距離が縮まっていった。

「——犬を見にいこうか」

先輩がそんなことをいいだしたのは、毎朝コンビニからふたりで一緒に学校に向かうのがあたりまえのようになったころだった。

「犬？」

「そう。茅原が毎日かわいいなと思って見てるっていう、お気に入りの犬。前にいってただろ？」

ぼくが先輩のことを「お気に入りの犬を見ているのと同じ」と表現するさいに話した近所の犬は、柴犬の血が混ざっていると思われる雑種だった。家の柵《さく》のあいだから顔をだして、じっと通りを行き過ぎるひとを眺めている姿がなんとも愛らしい。

ちょうど試験前だったので、「試験勉強はいいんですか？」とたずねると、先輩はどうでもよさそうに「学校でいやってほどしてるからな」と答えた。

「まあ、気晴らしというか。茅原といると和《なご》むからな。おまえ、全然緊張感ないし」

「ずいぶんひどいこというじゃないですか」

ふてくされたぼくの頭を、先輩はくしゃっとなでた。

「ひどくない、ひどくない。ほめ言葉だよ。俺はそういうやつのほうが好きだから」

先輩は、意外にもスキンシップが激しくて、出会って間もないぼくに対しても例外ではなかった。そのさわりかたはほんとうに無造作で、なんの意味もないことはわかっていたけれども、「やめてくださいよ」と払いのけながら、ぼくはひそかに耳を熱くした。

先輩とぼくが見に行ったその日、生憎《あいにく》お目当ての犬は小屋のなかに引っ込んでしまっていた。おまけに犬小屋は入口を家側に向けて置かれていたので、どんな様子でいるのか窺《うかが》い知ることもできない。

今日は駄目みたいです、とぼくが告げると、先輩は「ふうん」と柵のほうに首を伸ばした。

「なんて名前なんだろうな」

そう呟くや否や、先輩はカバンのなかからごそごそと昼食の残りのパンの包みをとりだすと、その中身をちぎって、庭のなかに投げ入れた。

「ワンちゃん、出ておいで」

それは決して大声ではなく、囁《ささや》くような声だったけれども、ぼくはあわてて先輩を押しとどめた。

「せ、先輩っ。なに子どもみたいな真似してるんですかっ。家のひとが出てきたら、怒られますよ」

「大丈夫。大丈夫。吠える犬じゃないんだろう？　ほーら、出ておいで。鼻がいいから、パンの匂いで気づかないかな」

青くなるぼくを尻目《しりめ》に、先輩はパンのかけらを次々と投げ入れた。ちょうどうまく犬小屋の前に落ちたものもあったのだろう。キュウン……と小さく鳴く声とともに、小屋の陰からのっそりと犬が姿を現して、点々とそこら中に落ちているパンを食べはじめた。

かわいいじゃん、と先輩は口を鳴らして、近づいてきた犬に最後のパンのかけらを投げ入れた。ちょうどそのとき、庭に面している家のガラス戸がガラッと開く音がした。

とっさに、ぼくは先輩の腕をつかんで、「ヤバイよ」と後ろに引っ張った。ふたりしてあわてて自転車に飛び乗って逃げる。先輩は、「こっち見てるよ。かわいいな」と後ろを振り返りながら呑気にいっていた。だが、ここは家の近所、茅原の息子が高校生にもなって犬にちょっかいだして遊んでるなんていわれたら困る——と焦っていたぼくは、聞いちゃいなかった。

「おまえ、逃げ足速いな。こうやって必死に逃げるほうがあやしくないか」

しばらくして自転車の速度をゆるめると、先輩が隣に並んできたので、ぼくはキッと睨みつける。

「なんであんな真似するんですかっ、子どもっ」

先輩はなにをいわれてもご機嫌な様子で、おかしそうに笑っていた。

「おまえのほうが犬みたいだよ」

やがて帰りも一緒になることが多くなると、ぼくは先輩に家に寄っていきませんかと声をかけるようになった。どうせ共働きの両親は遅くてひとりで過ごすのがつまらなかったし、先輩と少しでも長くいたかったからだ。

ぼくの両親が教師だと知ると、先輩は「ああ、そんな感じだな」と妙に納得した顔を見せた。

「そんな感じってどんな感じですか?」

そういう反応を示されるのはあまり愉快ではなかった。先輩は、一瞬ぼくの顔をまじまじと見つめたあと、にっと笑って「真面目で、かわいいから」とごまかした。

「じゃあ、このあいだ、俺が犬みたいだよ、っていった意味は?」

先輩はやはりつくったようなわざとらしい笑顔で「かわいいって意味だよ」と答えた。

「あのね、先輩みたいに中途半端に口がうまいと、そのうちに信用されなくなってモテなくなりますよ」

顔が赤らむのを必死にこらえながら、ぼくはいいかえした。ぼくがどんなに生意気な口をきいても、先輩はたいてい「はいはい」と聞き流しているだけだった。どうもぼくの言動をいつも馬鹿にして楽しんでいたふしがある。

「俺がモテなくなるのを心配してくれるのはうれしいけどさ。おまえ、自分はどうなの」

返事に詰まるぼくを見て、先輩はにやにやと笑った。

「お……俺は、いまは勉強で手一杯だし、そういうの面倒くさいし。いいんですよ。いまはとにかく勉強して、大学行ったら遊ぶんだから」

先輩は「へえ、ほう」と感心したように頷《うなず》いたあと、ボソリと「小物の発想だなあ」と皮肉るのを忘れなかった。

「ひっでー。殴りますよ？」

ぼくは拳《こぶし》を振り上げてみせた。先輩は「ごめんごめん」と笑いながら、その手をなだめるように押さえつけた。

「茅原、けっこうモテそうなのにな。もったいない。年上とかに好かれそうだけど」

そんなことを顔を覗き込まれて間近でいわれてしまうと、どう返したらいいのかわからなくて、ぼくは無言で先輩の手を振り払って天井を仰いだ。

このときはまだ先輩と具体的にどうなりたいと考えていたわけではなかったけれども、どこかで自分を律しないと、そのうちに馬鹿を見るような気がした。先輩の言動やスキンシップにいちいち反応していたら、きっとぼくは勘違いしてアホなピエロのような真似をしてしまう、と。

「先輩は、ほんとのところ、どうなんですか？　彼女いないんですよね？」

もし特定の彼女がいたならば、後輩の男にこれほどかまうはずがないと思っていたから、先輩が即座に「いないよ」と答えてくれるものと考えていた。ところが先輩の返答には奇妙な間があった。その表情に「どう答えたらいいものか」と一瞬迷いのようなものが走る。

「いるんですか？」

「いないよ」

嘘《うそ》だと思った。その瞬間、ぼくは胸から血でもでてるんじゃないかと思うくらいの痛みを覚えた。それほど先輩がごまかしたことがショックだった。

「なんだ……。ひとのこと『小物』だなんていって、先輩も同じじゃんか」

「悪かったな。俺は男とつるんでるほうが気楽だよ。男は、なに考えてるのかわかりやすいし、話も通じるし」

しかめっ面《つら》をしてみせる先輩に嘘つきと思いながらも、ぼくは「そうですよね」と調子を合わせて笑うしかなかった。

ぼくはそのとき、まだ知らなかった。先輩が高校に進んでから別れた彼女と、この春になって再会したこと。そして、コンビニで物思いにふけるような表情を見せていたとき、頭のなかの何割かはその彼女のことが占めていたのかもしれない、ということも。

ぼくが元彼女とやらを見たのは、それからすぐあとのことだった。日曜日に先輩とふたりで駅前を歩いているところを、偶然目撃してしまったのだ。

最初は「元彼女」なんて知らないから、先輩が女の子と歩いているってことは、てっきりいまもつきあっている彼女だと思った。

(やっぱりいたんだ)

心のなかで呟《つぶや》いて、ぼくは足早にその場を去った。天気のいい休日に、楽しそうに話しながら歩く先輩と彼女は、ごくあたりまえの似合いのカップルだった。もちろん声をかけることなどできやしなかった。

すぐに目をそらしてしまったはずなのに、ぼくの頭のなかでは一瞬見ただけの彼女の映像がいやにくっきりと何度も再生される。

白いキャミソールの上に、夏らしい涼しげな水色のカーディガンを羽織った細い肩。目立つタイプではなかったけれども、清潔感のある、綺麗な女の子だった。

その日以降、ぼくの頭のなかには先輩と元彼女が歩いている姿が焼きついて離れなかった。何度振り払おうとしてもしつこく甦ってくる映像に、自分がそうとう厄介な感情を抱いていると認めざるを得なかった。

元彼女の姿を思い浮かべるたびに、脳裏に先輩の背中も浮かんだ。まだ口もきけなかったころ、一生懸命に追いかけていた白いシャツの背中が。ぼくは自転車を必死にこいでいたっけ。馬鹿みたいに――。

先輩の隣にあたりまえのように立っている彼女の絵と見比べて、ぼくが先輩を追いかけている絵はなんて間抜けなんだろう。

先輩は男じゃないか……。

それに、ぼくも男だ。だから、先輩のことは人間的に好きなだけだ。それでも彼女がいればなんとなく寂しく感じたりするものだろうし。なんといっても先輩はカッコイイ。ああなりたいと思って見惚れてしまうのもよくあることだ。

しかし、「よくあること」として結論付けるには、ぼくの先輩に対する反応はあまりにも奇異すぎた。

先輩を見ると、頬の表情筋がだらしなくゆるむ。心臓がドキドキ高鳴って、顔が赤くなる。思いもよらない言動や行動の連続。そして、からだが――男の先輩のことを考えて、ヤバイ感じに熱くなる。とくに最後のひとつは、どう考えても普通じゃない。

コンビニで見ていただけのときは「イヤラシイ意味などない」と思っていたけれども、先輩と身近に接するようになってから、ぼくはその断言を撤回しなければならなくなった。

もちろん先輩を思い浮かべて直接イヤラシイことをさせて行為に至る、というのは罪悪感があってできなかったけれども、どうしようもない衝動がわきおこるとき、ほかの妄想で処理してみても、そのイメージの源泉をたどればいつも先輩に行き着いた。

だって、先輩、しょっちゅうぼくの頭をなでるし、背中叩くし、ふざけて肩だって抱くしさ。

先輩のせいだということにしてみたものの、結局自己嫌悪に陥って、もう先輩の顔を見られない、と眠れぬ夜を過ごすこともしばしばだった。

それでもぼくの神経というのは意外にも高強度のワイヤー並みの耐性があって、翌日の朝には悩みなどひとかけらもないような顔をして先輩の前に出て笑うことができた。つまらない顔をしたら、時間がもったいない、と思っていたせいもある。先輩と彼女のことを考えて胸の底にひきつるような痛みを覚えても、イヤラシイ夢を見すぎて却《かえ》ってせつなくなったあとでも、とにかくけっこうタフに笑っていた。そのうち擦《す》り切れるんじゃないか、と思いながらも。

「茅原っていつも笑ってるんだな」

先輩にそういわれるたび、ぼくは「先輩のせいですよ。先輩のそばにいると、自然と顔がほころぶんです」といってやりたかった。もちろんそんなことはいえるはずもなかったけれども、伝わっていると思う瞬間はあった。

どこか虫の居所が悪くて、不機嫌なときでも、先輩はぼくが笑ってしつこく話しかけていると、つられたように笑うのだ。べつにぼくがおもしろい話をしているわけではなくて、「まいったな、こいつがいるから笑ってやるか」というように。まるで笑わずにはいられない病が伝染したみたいに。

そういうとき、先輩はやさしげに目を細めて、ぼくをつつみこむような笑顔を見せるのだ。先輩がぼくのことをふざけて「かわいい」というのに後輩以上の意味がなくても、たぶんこういう瞬間に「こいつ、自分になついてるな」ぐらいは思って、大事にしてくれてるんじゃないかと自惚《うぬぼ》れることはあった。

それでいい。それだけでもいい。

先輩の近くに自分の居場所があると思えて初めて、ぼくは彼女のことを聞くことができた。

「先輩、このあいだ女の子と歩いてるとこ、見たんですよ。彼女ですか？　いないっていったくせに」

それまでは考えるだけで心のどこかが血を流しそうで、怖くて口にすることができなかった。

先輩は驚いた顔をしたあと、マズイなと眉を寄せて、いいわけするように「彼女じゃないよ」といった。

「つきあってるわけじゃない。友達っていうか……前はそういうこともあったんだけど」

「ほんとに？　とぼけてたくせに、先輩はズルイなあって思いましたよ」

「だから、いまは彼女じゃないって」

先輩はどこか決まりが悪そうに、ぼくの表情をさぐるように見た。元彼女を見られたことよりも、ぼくが笑いながらそのことをたずねてきたことが気になるようだった。茅原には内緒にしておくつもりだったのにな――そう呟く先輩の心の声が聞こえてきそうな気がした。

もしかして気づいてる?

先輩のそばにいる女の子の存在に、ぼくが傷つくかもしれないってことを。

もしそうならいたたまれなかったので、ぼくはなにも知らない振りをした。先輩も、それ以上はなにもいわなかった。


先輩は帰りに学校の自転車置き場のところでぼくを待っていてくれるようになった。一緒に帰る、と口にだして約束したわけではなかったけれども、いつのまにかそんな雰囲気になっていた。

部活の縁でもないのに、上級生と下級生がこんなふうに親しくなるなんて不思議だなと思ったけれども、その疑問は口にしなかった。

ぼくはあえて「待っててくれてるんですか?」とはたずねないようにしていた。

まだ幼い弟と妹がいるという先輩は、「子どもたちにまとわりつかれなくてもすむから」とぼくの家に帰りに寄るのを気に入った様子だった。部屋にきて、なにをすると決まっているわけでもない。ただくつろいで、たわいもないことをしゃべったり、音楽を聴いたりゲームをしたり、勉強をしたり。

あえて口にださない、といえば、先輩の家の事情もそうだった。先輩は弟や妹をとてもかわいがっているふうなのに、その話のなかに両親の顔が見えてくることはなかった。一回ぼくが「ずいぶん年の離れた弟さんと妹さんですね」といったところ、先輩はあっさりと「父親が再婚してね。母親が違うんだ」と答えた。そして、もうひとり自分と同じ母親の姉がいる、とつけくわえた。

それ以上のことをたずねる気はなかったけれども、先輩も話す気はないらしかった。軽く「進入禁止」の線を引かれる感じ。親しくなると、気さくな性格に見えてやっぱり難しいひとだな、と思った。それでいて、不思議と徹底した拒絶や意固地さは感じられない。

あえていわない。

だけど、通じるものはある。

自惚れでなければ、一緒に過ごしているうちにぼくと先輩のあいだには自然とそんな空気が流れていた。

ぼくの両親が教師だと知って「そんな感じ」といった先輩は、一見緊張感がないように見えるぼくの内面の劣等感やら閉塞《へいそく》感やらを鋭く見抜いていたのかもしれない。だけど、あえて「わかるよ」と下手に理解を示したりしない。どうでもいいことのように「真面目でかわいい」と茶化す。

笑い飛ばして、なんでもないことにして、そうしてやりすごさなければならないことが、その当時のぼくにもすでにいくつかあった。

先輩に対する気持ちもそのひとつだったかもしれない。ヤバイなあ、と思いつつも、知らず知らずのうちに積み重なっていく——憧憬《どうけい》と呼ぶにはあまりにもドキドキしすぎて、心臓に悪すぎるような感情。

ぼくは自分がよほどのヘマをしない限り、うまくやりすごせると考えていた。たぶん先輩は「こいつ変なんじゃないの」と気づくことがあっても、うかつにふれることなく、知らん振りを決め込んでくれるだろう、と。

実際、先輩がなにも気づいていなかったはずがないのだ。先輩を前にしているとき、ぼくは目を輝かせて、それこそ尻尾《しっぽ》をちぎれんばかりに振っている状態だったのだから。あれでなにも感じないはずがない。もし感じなかったら、よほど鈍いというか、ただの不感症だ。それぐらい、ぼくはわかりやすかった。

その証拠に、先輩は時々、笑えない冗談を聞いたときのように黙り込むことがあった。ぼくの表情をうかがって、「俺はどうしたらいいのかな」と迷う顔を見せる。そういうとき、ぼくはあまりにも露骨に好意を示しすぎたことに気づき、距離を調整する。あくまで仲のいい先輩と後輩のバランスが崩れないように。

ぼくは先輩に「心配しないでください」といってあげたかった。間違っても、先輩が困るようなことをいったりしないから。

それでも――もしかしたら、先輩もぼくと同じような気持ちなんじゃないかと、馬鹿みたいに考えることもあった。こんなにかまってくれるのも変だし、たかだか後輩に元彼女と会っていることを知られて気まずそうな反応を見せるのもおかしいじゃないか……。

先輩は時折、「おまえの思ってるとおりだよ」とでも、「おまえのまったく勘違いだよ」とでも、どちらをいってもおかしくないような顔をして、なにかいいたげにぼくを見ることがあった。けれども、結局なにもいわない。

そうやって期待と失望の波をゆるやかにくりかえしているうちに、ぼくは先輩に対する感情を過去のものとして、いつかは「先輩の姿を見るだけでうれしいときがあったなんて、変なの」と笑い話にすることもできると考えていた。

でも、できるとしても、それはまだ先の話――。

当時のぼくは、たとえ勘違いでも、先輩が自転車置き場のところで待っていてくれるのを見ると顔がつい笑ってしまうのを止められなかった。つられたようにほころぶ先輩の笑顔が自分に向けられることが、その広い背中を見ながら自転車でほんの数十分の距離を走ることが、ほかのなによりも大切だった。

「今日は寄り道して帰ろうか」

帰りにそんなふうにいわれると、たとえ国道沿いにある本屋やら電器店やらファストフード店に寄るだけだとしても、一分でも長く一緒にいられることが単純にうれしくてたまらなかったのだ。

休日に駅前でデートすることはかなわなくても、こうして制服姿でつるんでいるぶんには、ぼくと先輩は似合いの連れ同士で、誰にも入り込む余地などなかった。

先輩の背中を眺めながら自転車で走るたびに、「このままずっと走り続けることができないかな」と考えた。このまま止まらないで、走り続けることはできないのだろうか。先輩はずっとぼくの前を走っていて、ぼくだけがその背中を見つめている。このまま走り続けて、先輩は彼女の前に止まることもなく、ただ通り過ぎるだけ。ぼくと先輩のふたりだけ——それだけで、世界は完結しないだろうか。

子どものころは、自分の定規で引いた美しい線で世界が描けると信じていた。けれども、現実には、いま、ほんの少し先を走っているひとの背中にふれることさえままならず、なにひとつ自分の思うとおりにはならない。どんなに思い焦がれても、つかまえることができない。追いつかない。遠い。

ねえ、先輩。俺がコンビニで先輩のこと見てたって意味、もうわかってるよね？「お気に入りの犬を見てるみたいに」なんて台詞も、いいわけだってわかってるよね？

風をきって走りながら、先輩の背中にぼくは問いかける。答えはないけれども、こうやって先輩がぼくと一緒に過ごしてくれていることが、ひとつの答えであるような気がした。同じ空気を共有しているということ。

あえて拒絶することも、あえて受け入れることもなく。

学校に行く道は上り坂ばかりでキツイけれども、帰りは下り坂ばかりで、とくに国道にある大きな坂道は、ぼくのお気に入りだった。スピードをつけて下ると、なんともいえない爽快感と、浮遊感を味わえる。

とくに天気のいい日に、青い空に目を凝らしながら自転車でその坂道を駆け抜けると、まるで空を歩いて雲を追いかけているような気持ちになれた。

目の端に、風を受けてふくらんでいる先輩のシャツが見える。ああ、たぶん先輩も同じ気分を味わっている——と思うと、ぼくはこの瞬間がずっと続けばいいと願った。

梅雨明けした空は青く、どこまでも澄みきっていて、頭上に照りつける日差しや、頬《ほお》や髪をなぶる風までもが、爽やかな夏の色をもっているようだった。

追いかける。追いかける。ずっと。

手が届かなくても、ぼくはこのまま先輩の後ろを走り続けたいと思った。

自転車で走っている最中、ぼくがちゃんとついてきているかと振り返る先輩の顔は、いつも「おまえの思っているとおりだよ」といってくれているような気がした。伝わっている。ぼくと同じ気持ちでいる、と。

透明感のある空の青と、先輩のシャツの眩しい白さを瞼の裏に焼きつけて、ぼくは坂道をくだり終える前に、「好きなんだけど、好きなんだけど」といつのまにか呪文《じゅもん》のように口のなかでくりかえしている。

どうしよう。先輩が好きなんだけど。

4

夏休みに入って、先輩に「友達と行くから一緒にどう？」と海に誘われた。

案の定、男女のグループで、男の人数を調整するために呼ばれたことが明白だった。

以前、駅前で見かけた水色のカーディガンの元彼女もいた。ぼくは先輩の友達から初めて、彼女のほうがまだ先輩に未練があること、いまもいろいろな相談をもちかけたりして連絡をとっているらしいことなどを教えてもらった。「坂江のほうは、もうふっきれてるんじゃないの？」というのが、友達の大半の見方だった。

先輩は、彼女をほかと区別して接している様子はなく、総じて女の子にはやさしかった。彼女のほうは心細げな眼差《まなざ》しを先輩に送っていたけれども、あえてさりげなく無視しているようだった。

彼女と距離をおくためか、先輩はやたらとぼくをかまった。先輩の友達ばかりだったから、気遣ってくれるのは当然だとしても、男同士でつるむのはどうかと思う場面でも、ぼくから離れなかった。

さすが先輩の友達というか、グループの女子はかわいい子が多かったが、先輩は無関心だった。かなり大胆な水着できている子もいるから、ふとしたときに男の生理的な反応で目を向けても、すぐ隣にいるぼくに目配せをよこして「見てみ。すごいアングル。ああいうのはどう？　茅原の好み？」と囁く始末。

いや、ぼくはこのなかでは先輩が一番――などと脳味噌《のうみそ》の沸騰したことをいえるはずもなく、ぼくは適当に「いいですね」と答えた。

そのとき、ぼくたちの前方でナイスアングルの胸の谷間を見せてくれていたのは、先輩の元彼女とは対照的な、肉づきのよい健康的な女の子だった。ぼくは先輩の元彼女のようなタイプが苦手だったから、あてこすりの意味もあった。

「俺はああいう明るそうなの好きです。あの胸もボリュームがあって」

「へえ。茅原はああいうのがタイプか」

「タイプです」

ぼくがはっきりいいきったことが意外だったのか、先輩はやや鼻白んだ顔をした。

「でも、彼女、足が太いよ」

先輩がきつい言葉で女の子を品定めするなど聞いたことがなかったので、少しびっくりした。辛辣《しんらつ》な評価は女の子に向けられたというよりも、まるでぼくがタイプだといったことが気に入らなくてふてくされているように聞こえた。ぼくは意地になって、彼女を擁護した。

「俺は木切れみたいにただ細いよりも、ふくらはぎに適度な筋肉がついてる感じが好きなんで」

先輩は「なるほどね」と呟いたきりなにもいわず、なぜか不機嫌そうに顔をゆがめて黙り込んでしまった。


どうやらぼくの部屋は「避難場所」に認定されたらしく、夏休み中でも先輩はひまがあるとふらりとやってきた。

ぼくとしては先輩がくるのは大歓迎だったけれども、海に一緒に行ってからというもの、少し様子がおかしいのが気になった。

「茅原といると、ほんと落ち着くな」

そんなことをさらりと口にして、以前よりも親しげになった反面、新たな「進入禁止」ラインを引かれている気がしてならなかった。ぼくと一緒にいるときの先輩の態度や言葉がどこか不自然な感じがして、彼女とよりでも戻ったのだろうかと心配になった。

「先輩、このあいだ海に一緒に行った彼女といまも会ってるんですか？　前につきあってたっていう彼女」

「いや」

「あのひとはまだ先輩のことが好きみたいだけど。よりを戻したりしないんですか？」

「しないよ」

それ以上しゃべる気はないようだったけれども、先輩はふいにぼくの顔をまっすぐに見据えた。

「……少し前に、そういう話もあったんだけどさ。やっぱりできないってことになったんだよ。そういう気持ちは、俺にはもうなかった」

「どうしてですか？」

「どうして……って」

先輩は珍しくうろたえた顔をしたあと、「どうしてかな。ほかに気になることができたのかな」とまるで他人事《ひとごと》のようにいった。

「俺よりも茅原はどうなの？　このあいだの子、紹介してあげようか。タイプだっていってた子。胸のおっきい吉川《よしかわ》さんだっけか」

「いいですよ。俺はそういうの、いまはいいっていったじゃないですか」

「茅原はいままで彼女いたことあるの？　経験あるんだ？」

こういう話題でからかわれるのは初めてじゃなかったけれども、その日の先輩はどこか意地が悪かった。

「け……経験って」

ぼくはあまりにもわかりやすく真っ赤になりながら、先輩と彼女がつきあってたってことはそういうことでもあるのかな、と思いあたって愕然《がくぜん》とした。

いままで奇妙なくらいに考えつかなかったけれども——そう考えると、いつか見た先輩と彼女のツーショットが急に生々しく思えてきた。

先輩はぼくの反応を見て満足したのか、「……っとに、かわいいなあ、茅原は」と目を細めた。いつものくせでぼくの頭をなで、髪の毛をぐしゃぐしゃにかき乱す。

「そんなんじゃ、吉川さんにすぐ食われるよ。たぶんちょろいだろうなあ、茅原みたいな子は」

「やめてくださいよ。そんないいかた」

「どうして。あの子、積極的な子だよ。まあ、しっかりしてて、性格もなかなか悪くないとは思うけど。つきあいたい？　ああいう胸と足がタイプなんだろ？」

「な、なにを……」

ぼくはそれ以上言葉を継げずにうつむいた。正直、ぼくと吉川さんのことなど、どうでもよかった。それよりも先輩と、元彼女の……。そのことを想像すると、ぼくの心臓はおかしくなる。

ふと視線を上げると、先輩がぼくをじっと見つめていた。どこかはりつめたような不思議な目をして。考えごとをしているようだけれども、物憂げ、とも少し違う。食い入るような眼差しが少し怖いくらいで、思わず「なんですか？」とたずねると、先輩は呪縛がとけたように笑った。

「……想像してた。吉川さんと茅原がそういうふうになったら、どんな感じなのかなって。おまえにちゃんとできるのかなって思って」

「な、なにいってんですか。やーらしいこと考えるなあ、先輩は」

先輩は「まったくだよな」と苦笑したあと、どうかしてるとかぶりを振った。

「変なこと考えてるよな、俺は」

自嘲《じちょう》するような響きに、ぼくはドキリとした。

先輩が新たに設けた「進入禁止」のライン。

ひょっとしたら、先輩はぼくのことをいままでと違う意味で意識しはじめているのではないか。それを自分自身で警戒しているから、妙な態度になってあらわれているのではないか、と。

そんな都合の良いことがあるわけがない——とぼくはあわててその考えを打ち消す。

「茅原のこと、最初、女の子かと思った」

ふいに先輩が呟くようにいった。あまりにも唐突な発言に、ぼくは「え？」とのけぞる。

ぼくはたしかに男臭いタイプじゃないけれども、決して女の子と見間違われるような睫毛《まつげ》バサバサの美少年ってわけでもなかったからだ。

「お、俺のどこが……」

「うん、そうだよな。外見じゃなくてさ、視線がね。最初、コンビニで誰かに見られてるかなって思ったとき、俺も馬鹿だからさ、どっかのかわいい女子高生が俺のこと見てるのかな、と思ったわけだよ。そうしたら、同じ学校の一年の男だったと」

「それで、がっかりした、と？」

わずかに残っていた期待が音をたててしぼんでいく気がした。先輩は笑いながらぼくの頭を軽く叩いた。

「そんなこともないさ。男だけど、黒飴《くろあめ》みたいなでっかい目をしてるなと思ってさ。かわいいから、これはひとつ餌付《えづ》けでもしてみようかと思って、メロンパンをあげた」

「え、餌付けってひどいじゃないですかっ」

犬にパンをちぎって投げ入れていた先輩の姿がふいに思い起こされ、ぼくは憤慨した。

「俺が犬みたいだって、そういう意味ですかっ！」

先輩は笑いをこらえるように口許を押さえた。

「ほかにどういう意味だと思ったわけ？」

「ひっでー！」

「待てよ。最初に俺のことを『犬を見てるみたいに』っていったのは、おまえだろ。おまえだって、俺を犬扱いしてたじゃないか」

「全然意味が違うよ！」

ぼくはとっさに手近にあった雑誌を先輩に投げつけた。先輩は「待て、ごめん」といいながら逃げた。ぼくが抗議してもまったく応えたふうもなく、やがて身をふたつに折って笑いはじめた。

ぼくは「ひどいよ」ともう一度いったけれども、大声をたてて笑っている先輩を見たら全身の力が抜けてしまった。

ああ、もう、こういうのでいい、と思った。

変に期待なんてかけないで、ぼくはこうやって笑っている先輩のそばにいられるなら、それでいい、と。

「先輩だって、最初こんなひとだと思わなかったですよ。もっとクールで、大人だと思ってた。こんな馬鹿笑いしたり、ひとに対して『餌付け』なんてひどい言葉を使うひとだとは思わなかったよ」

むくれるぼくに対して、先輩は笑いをにじませたまま、「ずいぶんないわれようじゃないか」と眉をひそめた。

「性格って、相手によって変わるものだからな。俺は、茅原だから、こうなんだよ」

「な、なんですか、それ。俺のせいだっていうんですか。先輩の、お馬鹿なところが露呈するのは」

先輩はぼくの肩に手を回してきて、「おまえ、今日いいすぎ」と右腕で首を締めてきた。

「ぎゃあ」とおどけてみせながら、ぼくは内心、密着されたことに狼狽《ろうばい》していた。先輩のがっしりした右腕が目の前にある、と思うだけで、気が遠くなりそうだった。なにかしゃべらなければ、心臓のドキドキが伝わってしまうと思って。

「先輩の右腕って、がっしりしてますよね」

「ああ、これ……」

先輩はぼくから右手をはずして、曲げたり伸ばしたりしてみせながら、「姉貴のせいなんだよ」と話した。

なんでもお姉さんが子どものころから本格的にテニスをやっていて、その練習相手をしていたのだという。

小さいころから自己流で力任せに打ち返していたから、こんなふうになったそうだ。フォームを何度も教えられたけれども、根本的に競技としてのテニスがあまり好きではなかったので中途半端なままだった、と先輩は教えてくれた。

なるほどテニスのせいか、とあらためて逞しい右腕をしげしげ見ていると、先輩は唇にからかうような笑みを浮かべて、ぼくの顔を覗き込んだ。

「こういう腕、好き？」

「な、なにいってんですか。先輩、アブナイなあ」

「じっと見てるからさ。そんなに好きだったら、腕枕でもしてやろうか」

危ないのはぼくのほうだった。瞬間湯沸かし器のごとく頬が熱くなって、真っ赤になるのが自分でもわかった。

「先輩。冗談キツイですよ」

「冗談じゃないよ。ほんと。ほんと。茅原もそのうちに女の子に腕枕してやることになるんだからさ。俺が教えてやるよ」

え――と口許をひきつらせて当惑するぼくに対して、先輩は「ほら、おいで」と肩を引き寄せ、そのままぐいっと力を入れて一緒に後ろに倒れ込んだ。

「わっ」と声を上げた次の瞬間、ぼくの視線は天井を仰ぎ、頭は先輩の右腕にすっぽりと乗せられていた。先輩は横向きになって上半身を少し起こすと、ぽかんとしているぼくを「どう？」と見下ろした。

床に横たわって、すぐ間近に見上げる先輩の顔の輪郭は、いままでに見たことのないものだった。息をするのもためらわれるような距離で、ぼくの全身は棒のように硬直した。先輩の顔から笑みがすっと消えた。代わりにあらわれたのは、やさしいような怖いような、不思議な眼差し。

先輩の左腕がすっと伸びてきて、ぼくの前髪を引っ張るようになでる。

「せ……先輩？」

ぼくがうろたえて問いかけても、先輩はなにも答えずに指先に髪をからめ、額をなでるような仕草をくりかえすだけだった。

全身がカーッと熱くなった。ぼくはそれ以上なにもいえないまま、いまにもガクガクと震えだしそうになるのを必死にこらえるしかなかった。

なんだ、これは——なにしてるんだろ、ぼくは。

女の子にすることを教えてくれるって？　ぼくは先輩にさわってもらって、「ラッキー」とよろこぶべき場面なんだろうか。どうしてこんなことをしなきゃいけないんだろう。

なんで——。

こういうのはいやだ、と思った瞬間、なんの前触れもなく涙がぶわっとあふれでた。その激しさに自分でもびっくりした。

なんでなんで？　と思いながらも、涙は次から次へとあふれて止まらなかった。

先輩もかなり驚いた様子で目を開き、手の動きをぴたりと止めた。

「茅原……？」

先輩の困惑した表情を目にした途端、ぼくはマズイことをしたな、と思った。無難にこのおふざけを中断させる方法はいくつもあったのに。

「いやだな、先輩」と、飛び起きてしまえばよかった。「なんなんですか、この手は」といって手をつねったとしても、先輩は怒らなかっただろう。「はいはい」と笑って身を引いたに違いない。なのに、ぼくにはどうすることもできなかった。ただ祈るみたいに両手で目をおおって、涙が止まるのを待った。

「茅原、どうした？　俺の——せいか？」

いきなり泣かれて、どうなだめたらいいのかわからずにとまどっている様子で、先輩はぼくの髪をこわごわとなでた。

ぼくは「なんでもないんです」と首を横に振り、涙をぬぐいながら起き上がった。

「……先輩のせいじゃないんです。俺が変なんです。……ただ、俺……先輩にこういう冗談されると、キツイ……」

いったん止まったはずの涙がまたあふれだしてきて、ぼくは再び顔を両手でおおった。

「こういうの、もう勘弁してください」と途切れ途切れに伝えるのが精一杯だった。

先輩はなにもいわなかった。

なにかいわれるのも怖かったけれども、なにもいわれないのは、もっと怖かった。ぼくが泣いた意味を、先輩はどう解釈しているのだろうか。

わかってるよな。

「キツイ」っていった意味も。ぼくが先輩をそういう意味で好きだってことも。

……わかっちゃったよな。

あえてふれなくてもいいことに、ふれてしまった。馬鹿をした、ヘマをした。

そばにいて、先輩の笑っている顔を見られるだけでいいと思ったはずなのに。

涙が止まっても、ぼくは顔を上げることができなかった。うつむいたまま、「すいません。今日はもう帰ってくれますか？」と頼む。

先輩はしばらく動かなかったけれども、やがて「大丈夫か？」とたずねてきて、ぼくが「はい」と応えると、ようやく腰を上げた。

部屋を出る前に、先輩はぼくの頭をくしゃっとなでていった。

「――ごめんな」

5

残りの夏休みが最悪だったことはいうまでもない。

その翌日、家を訪ねてきた先輩に対してぼくは居留守を使い、その後もずっと会わなかった。電話もすべてでなかった。

先輩から逃げ続けて、ぼくがなにをしていたかというと、あの日の場面をくりかえし思い返しては後悔の念にかられるという、不毛なことに時間を費やしていた。

（――ごめんな）

ごめん、ってことは、気持ちに応えられなくてごめんってことだよな。謝るってことは、そういうことだよな。

思いだすたびに涙がでそうになったけれども、失恋した事実をまっすぐに見つめるのはつらかったから、とりあえずぼくは自分の愚かしさを責めた。

あんなことを、先輩にいわせるんじゃなかった。馬鹿みたいに泣くんじゃなかった。そうすれば、笑ってふざけあえる関係でいられたのに。

時間を戻したい、と思った。切実に。

だが、無情にも時は過ぎてゆき、夏休みは終わった。

二学期の始業式の日、ぼくは自転車ではなく、電車で学校に向かった。まだ先輩の顔を見て平然としていられる自信がなかったし、先輩のほうもいいかげんあきれているだろうと思ったからだ。

そのくせ先輩がどうしているのかは気になって、学校の自転車置き場にこっそり見にいった。先輩はいつも止める場所にしっかりと自転車を止めていた。たぶんコンビニにもいつも通りに寄っているのだろう。ぼくがくるのを待っていたのかもしれない。

あの日以前から、先輩はたぶんぼくの気持ちを薄々知っていた。それでも親しくしてくれたのだから、「俺は気にしないから、いままで通りのつきあいをしよう」といわれそうな気がした。それでも、ぼくは先輩の顔を見るのが怖かった。

ごめん、先輩。ぼくは卑怯《ひきょう》者だ。

その翌日も電車で通ったけれども、ぼくが教室でちょうど席をはずしていたとき、先輩が「茅原いる?」と姿を現したことを知って、このままずっと逃げ続けるわけにもいかないと悟った。

翌々日、ぼくはとうとう覚悟を決めて、自転車で学校に向かった。コンビニに着いたら、何事もなかったように「おはようございます」と笑って挨拶《あいさつ》しよう。先輩が「どうしたんだよ、おまえ」とたずねてきたら、「すいません。もう元気ですから」とさらりと答えよう。

よし、OK。

シミュレーションは完璧だったはずなのに、コンビニが近づくにつれて、ぼくの全身は緊張のためにこわばり、表情は地蔵のように固まっていった。胸の鼓動だけがにぎやかで、コンビニの前に先輩の姿が見えた——と思った瞬間、早鐘を打つ心臓がやまないのと同様に、ペダルをこぐ足も止められなくなった。

先輩がちらりと顔を上げてぼくを見た。だが、ぼくは速度を落とすどころか、一気に加速して、コンビニの前を走り抜ける。

駄目だ、駄目だ、やっぱり駄目だ——！

「——茅原！」

背後から叫ぶ声。まさかと思って振り返ると、先輩が自転車に飛び乗って追いかけてきた。

ぼくは必死にスピードを上げて逃げる。

「待てよ、おい！　なんで逃げるんだ」

なんでって、先輩が追いかけてくるからじゃないですかっ——叫び返す余裕などなくて、ぼくは自転車の一部にでもなったみたいに、「速く、速く」と機械的にペダルを踏み続けた。

朝早いとはいえ、残暑が色濃い陽気のなか、上り坂の多い道を汗だくになってぼくは逃げ、先輩は追いかけてきた。

そのうちに一種のランナーズハイにでもなったのか、ふっと意識が軽くなる瞬間があった。

このまま逃げ続けるのもいいか、とぼくは考えた。先輩が追いかけてきてくれるなら、自転車をこぎつづけて、足がちぎれてしまってもいい。

ずっとこのまま——だが、交差点の赤信号がぼくの行く手を遮った。先輩はもうすでに、ぼくのすぐ後ろにつけていた。その時点で、上り坂をずっと飛ばし続けてきたぼくの体力は限界だった。自転車を止めた途端に脱力してよろめいたぼくの腕を、隣に並んできた先輩がぐっと支えるようにつかんだ。

「やっとつかまえた」

先輩も息を切らしていたけれども、その一言だけは、はっきりといった。あとはもう、お互いにぐったりしてしまって、信号が変わっても動くことができなかった。

やがて「話がある。戻ろう」と自転車を引きながらUターンさせる先輩のあとに、ぼくは黙ってついていった。思考状態が麻痺《まひ》して、逃げることも考えられなかった。

同じ学校の連中が、自転車を引いて逆行するぼくたちを不思議そうに眺めながら走り抜けていく。ぼくも先輩も、ふたりしていったいなにやってるんだろう。

だんだんすれ違う生徒の姿もまばらになった。やがて始業時間になり、ほとんどひとの姿は見えなくなった。大型のトラックだけが道路を走り抜けていく。

ふいに足を止めたぼくのもとに、先輩が「茅原？」と心配そうに引き返してきた。

最初の計画では笑顔で「おはようございます」というはずだったのに、ぼくは笑うことなど到底できなくて、唇をゆがませた。

「……なんで、ほっといてくれないんですか」

鼻の奥がつうんと痛くなって、目の奥が熱く潤む。

「居留守使ったの、謝ります。変な態度とり続けてるのも、俺が一方的に悪いんだと思う。でも、いまはほっといてほしいんです」

先輩は茫然とぼくを見た。その目は明らかに困惑していた。

「……なんで泣くんだ？」

ぼくは「泣いてないです」と目尻をぬぐった。先輩は「泣いてるだろ」とぼくの腕を引っ張って、路肩に自転車を止めた。先輩と真正面から向き合った途端に、また逃げだしたくなった。

「なあ、茅原……なにも泣くことはないだろ？　なにもいわずに泣かれたら、こっちはわけがわからない。頼むから、ちゃんと話してくれないか」

かたくなに黙り込んで目を潤ませたままのぼくを、先輩は途方に暮れたように見た。ぼくはつい喧嘩腰になった。

「しつこいな、先輩は。俺は泣いてないっていってるでしょ！」

「泣いてるだろ！　その目は！」

「こんなの、泣いてるうちに入りませんっ」

売り言葉に買い言葉で声を荒げた先輩も、あきれた様子になって「わかった」と冷静にいったん引いてから、再度詰め寄ってきた。

「じゃあ、泣いてるうちに入らないほどの少量の涙で、おまえが目を潤ませてる理由はなんなんだ、ってことだよ。俺が知りたいのは」

ぐっと返答に詰まると、先輩はいい負かしてやったとばかりに少し得意げに唇の端を上げた。その顔を見た途端、ぼくは猛烈に悔しさが込み上げてきて、それまで抑えつけていた感情が一気に弾《はじ》けた。

「なんでって……先輩が俺のこと、振ったからじゃないか！　俺が泣いてるのは！」

叫びながら、「あれ？」と自分でも意外だった。

……ああ、そうか。

ぼくは、自分のヘマで先輩との良好な関係を崩して後悔して泣いてたんじゃない。もちろん、先輩の悪ふざけが腹立たしかったわけでもない。

先輩に、自分の想いが通じなかったからだ。

なんでぼくがこんなに好きなのにわかってくれないんだろう、って。

先輩のそばにいるのがうれしくてたまらないのに、同時にぼくはいつも泣きたいような気持ちにさせられていたのだ。心のどこかで、ずっと泣きたかった。

ひどいよ、先輩。ひどい。

好きなのに。ぼくは、こんなに先輩が好きなのに。

好きって——その一言を、ずっといいたかった。でも、いえなくて……。

壊れた蛇口のように、ぼくの目からとめどもなく涙があふれでるのを見て、先輩は初め驚きのあまり表情をなくしていたが、次にうろたえた様子になった。

「俺が——振った？　なんのことだよ。俺は、おまえを振った覚えなんてない」

「な……なにいってんですかっ。振ったじゃないですかっ。俺が……俺が泣いても、『ごめんな』っていったじゃないですかっ。それで、なにもいわずにそのまま帰っちゃったじゃないですか」

「あれは、おまえが『帰ってくれませんか』っていうから、そのほうがいいと思ったんだ。そういっただろう？　俺がいても、顔すらまともに見ようとしなかったじゃないか。とにかく俺は、茅原が落ち着くのが一番いいと思ったから……」

「だからって、なにもいわないで帰るのかな。どうしてそんな冷たいことができるのかな。あんなふうな場面で『ごめん』って一言だけいわれたら、そういう意味だって思うじゃないですか。俺は……俺は、先輩に気持ちがバレたって思ったのに」

先輩はふいをつかれたように「それは……」といいよどんだ。

ぼくはもうほとんど自棄になっていた。気持ちも、涙も、もうひとかけらも残すつもりはなかった。いま、このとき、この場所で、全部だしきってしまいたかった。

「俺は先輩が好きなのに。先輩……俺の気持ち、無視したじゃないですかっ……」

先輩はしばらく無言だった。まるでぼくに同調したように目を細めて、唇をへの字に曲げ、自分まで泣きだしたいような顔をして、ためいきをついた。

「泣かないでくれないか。頼むから……おまえに泣かれると、俺はどうしていいのかわからないんだよ」

「俺が泣いたって先輩には関係ないでしょ。勝手に泣いてるだけなんだから」

そっぽを向こうとするぼくの肩を力強くつかんで、「関係あるよ」と先輩はいった。

「関係あるんだ。おまえをひとりで泣かせられないんだ。俺が気になるんだから」

思いもかけない言葉にうろたえて、ぼくは「なにいってるんですか」と力なく問い返す。

先輩はぼくの顔をまっすぐに見られないのか、ややうつむきがちになった。

「——ずっと気になってたんだ、ほんとは。どういったらいいのかわからなかったけど……茅原がそういう意味で俺のこと見てるのかな、って時々思うこともあった。だから、それと同じように俺も茅原のことを……男なのにどうかしてるよなって思ったけど、自然に……かわいいと思って、気になって、どうしようもなくなって。だから、うまくいえないけど。俺はおまえとまったく同じ気持ちで」

何度もつかえて言葉を選びながら、先輩は「だから」と時折助けを求めるように天を仰いだ。こんなふうに弱りきった顔をして、懸命にしゃべる先輩を見たのは初めてだった。

「ごめんな。俺のほうがちゃんと先にいってやればよかったんだよな。ほんとにごめん……ごめんな、ひとりで泣かせて」

先輩はぼくの肩をそっと引き寄せた。そのまま抱きしめられて、ぼくの気分はふわりと宙に浮く。

この展開が信じられなかった。こんなことがあるのだろうか。

奇跡が起こったとばかりに、ぼくは先輩の肩越しに空を見上げ、晴れやかな青に目がくらみそうになった。

先輩はなだめるようにぼくの耳もとに唇を押し当て、背中に回した腕にさらにぎゅっと力を込めた。

「……ほんとにごめん、茅原」

なにかいいたげにしながらも、先輩はなかなか言葉がでない様子で、耳朶《じだ》にふれる唇が何度も不自然に息を吸ったり吐いたりする。

ようやく腕がゆるめられたので、ぼくはふらふらと先輩から身を離した。気恥ずかしくてなにもいえないまま自転車に向き直ろうとしたところ、先輩がぼくの腕をつかんで引き寄せた。やっぱりいっておく、というように。

「好きだよ。ほんとに好きだから」

それだけいうと、先輩はどこか決まりが悪そうに顔をそむけ、すぐに自分の自転車のところに行って、「行こうか」と振り返らないままに告げる。

わずかに丸められた背中が、うつむいたその首すじが、ものいわぬ仕草のひとつひとつがなんだかとてもいとおしくて、ぼくはその場にとどまってずっと見ていたいような気持ちにさせられた。

いま、先輩に振り向かれたら、ぼくも困る。

泣きたいんだか笑いたいんだか、どういう顔をしたらいいのかわからなくて、きっと天に助けを求めてしまう。ちらりと見上げた青空が眩しすぎて、目が潤んだ。

神様、ぼくはほんとうにこのひとが好きなんです。


たぶん俺のほうが先に好きになったんだよ、と先輩はいった。

その日は結局学校をさぼって、ぼくと先輩は家でゆっくりと話をすることになった。

平日の午前、住宅街は穏やかな静けさに包まれていた。先輩と部屋でふたりきりになることに、ぼくはいまさらながら緊張してしまった。

子どものころ、熱をだして学校を休んで寝ているとき、周りが妙にひっそりとしていて、自分の呼吸の音やふとした物音に、敏感に耳をすました。あの感覚と同じで、先輩の言葉のひとつひとつが、ぼくの心に響いて、染み渡っていく。

先輩は、コンビニでぼくに気づいたときからずっと気になっていた、でなきゃ、あんなふうにパンを買って待っていたりしない、たしかに男だから最初はそんなつもりなかったんだけど——と相変わらず話しにくそうに言葉を押しだした。

「茅原が俺を好きなのかな、って思ったこともあったっていったけど、やっぱり確証はなかったからさ。それに、俺自身も自分の気持ちがよくわからなくて迷ってた。おまえが俺と一緒にいるとき楽しそうに笑ってくれるのを見ると、俺もなんだかよくわからないままにぐいぐい引っぱられていく気がして。だけど……あれこれ考えるよりもなんていうか、俺はおまえのそばにいると、こう、つい手をだしたくなるからさ」

ぼくがドキリと瞬《まばた》きをすると、先輩は反応を見越していたように、「そう、そういう意味で」と笑った。

「このあいだも……悪ふざけしながら、心のどこかで、どさくさにまぎれて、もっとさわることはできないかなとか、キスくらいならOKなんじゃないか、いやがられたら冗談だってごまかせばいいし——って考えてた。『腕枕してやる』っていったときには、頭のなかでものすごい速さで次の展開をいろいろ計算してたよ」

冷静に聞いていられなくて、ぼくは「なんかスゴイことといってますけど？」と茶々を入れた。「好き」の一言であれだけ照れるくせに、なんだってこういうことだけ平気でいうんだ、と少し苦々しく思いながら。

先輩は「うん」とあっさり頷くと、「実際にスゴイこと考えてたし、しようと思った」と悪びれない様子でぼくを見たあと、その表情をふっと崩した。

「だけど……おまえ、泣いちゃうんだもん」

先輩はためいきまじりに苦笑した。

「びっくりしたよ。いきなり泣くから。あんなふうに泣かれて、俺はもういたたまれなくてさ。……こんな茅原に、どさくさにまぎれて悪ふざけでキスしてやろうなんて、俺はなんてひどいやつなんだろうって。あのときは……俺も、そばにいるのがつらかった。おまえが泣いてるのは俺が原因なんだろ？　そんなひどいやつがそばにいて、なぐさめてもしようがないような気がして。俺もいいかげん自己嫌悪して……『ごめん』っていうしかなかった。ほかに言葉がでなかった」

なるべく軽い口調で話そうとしながらも、どこか苦しげな先輩の表情を見ていると、胸が痛くなった。

先輩はぼくの肩を抱いて引き寄せた。ゆっくりと顔を近づけて囁く。先輩の匂いがぼくをつつみこむ。

「もう泣かないでくれ。頼むから。茅原が泣かないですむなら、俺はなんだってしてやるから。俺はおまえを傷つけようなんて思ってないんだ。そんなふうに思われるのが、一番つらい」

先輩は祈るみたいな神妙な顔つきになって、ぼくの唇にくちづけた。ふれあって、軽くついばんで、離れる。

先輩はようやく安心したみたいに、ふーっと長いためいきをついて、ぼくの背中をぎゅっと抱きしめた。ぼくもされるままになって、先輩の腕のなかでしばしぼんやりする。

静けさが怖い、と思った。五感が研ぎ澄まされて、なにもかも隠しようがなく、はっきりと感じられる。

先輩の吐息と匂い。ぼくの心臓の鼓動。抱きしめられて、ふれあった部分から生じる、恥ずかしいような熱。

互いの気持ちが伝わって、とけあって……。

「……先輩」

もぞもぞと動いたけれども、ぼくを抱きしめる先輩の腕はびくともしなかった。まるで瞑想しているみたいに目を閉じてじっとしている。

「大丈夫だよ。怖がらなくても。なにもしやしないから。いやだってわかってるから。泣かれたら困るし」

「そ、そんなこともないけど……」

とっさに自分のいった言葉が信じられなかった。

先輩も驚いた様子で「え」と息を呑《の》む。逸《はや》る気持ちを必死に抑えようとしてるのか、こわばった顔つきをして、ぼくの目を覗き込む。おそるおそる――期待を込めながら。

「どういうことならいいの？　なにしてほしい？」

頭がおかしくなったのかもしれない、と思いながら、ぼくは「もう一度さっきみたいにぎゅって抱きしめてほしい」と頼んだ。先輩はすぐさま背中がぐっとそりかえるくらいに強く抱きしめてくれた。もっと、と思う。息ができないくらいに強く。

ぼくだって、先輩のことを考えて、せつなくなるくらいイヤラシイ夢を見ていたこともあった。だから……。

「こうされるの、好き？」

少しかすれた声でたずねられ、ぼくは頭をこくんと頷かせた。

「……キスは好き？　もう一回？」

誘導尋問にひっかけられているような気がしたけれども、ぼくは同じように頷いた。

先輩は、うつむこうとするぼくの顎《あご》をとらえて、キスをした。先ほどよりも深く、唇が合わさる。濡《ぬ》れたやわらかいものが、ぼくの唇のあいだを舐《な》めて、ぬるりと入り込む。

思わずからだを引きかけるぼくの腕をとらえて、先輩はさらに唇を重ねてきた。同時に背中に腕を回されて、心地よい圧迫感につつみこまれるうちに全身の力が抜けていった。

衣服の下の皮膚が、敏感な部位が、理性では鎮められない熱をもつ。

先輩が「好き?」ともう一度たずねたので、ぼくは先輩の胸にしがみついた。

「好き……先輩が、好き」

あとはもうなにがなんだかわからなくなった。先輩も少し余裕のない様子になって、もどかしげにぼくの背中をなでまわした。

「もっとさわってもいい?」

すでに恥ずかしいくらいに反応していたぼくは、ただ頷くしかなかった。先輩がシャツのボタンをはずしてきたときも、されるままになっていた。

先輩はむきだしになったぼくの肩口にくちづけて、胸のあたりをさぐった。尖っている部分をとらえて、指の腹でなでる。ダイレクトに下半身に通じる疼《うず》きを覚えて、ぼくは紅潮した顔をゆがめる。

「やっ……ん、そこ……」

先輩は「もっと?」とたずねてきた。あわてて首を横に振るぼくを無視して、乳首を舐め、舌で転がす。女の子じゃないんだから、そんなところはいじられたくなかったのに。「やだ」といったけれども、まったく聞き入れられず、先輩はぼくの胸を吸ったり舐めたりしながら、ズボンのベルトをはずし、ファスナーを下ろして下着のなかに手を入れた。

あ、と思ったのは、ぼくのそこがもうごまかしようもないくらいに反応していたからだ。

先輩は満足そうな息を吐いた。

「……茅原はひとりでするとき、どういうこと考えてる？　このあいだ……あの胸の大きい吉川さんがタイプだっていっただろ？　あのときさ、俺……茅原を渡せないなって思ったんだよ。俺がしてやりたいって思った。茅原が気持ちよくなるなら……俺がなんでもしてやるのにって」

「や、先輩……」

先輩は「気持ちよくするだけだから」と囁いて、ぼくの猛《たけ》っているものを握って手を動かした。

「どうしたらいい？　なんでもしてやるから……なあ」

先輩の手でさわられている、というだけで、ぼくには充分すぎるほど刺激が強かった。気持ちよすぎて、どうにかなりそうだったけれども、口からは「やだ」という言葉しかでてこなかった。

「……や……そんなこすっちゃ……」

「なんで？　気持ちいいだろ？」

だって、このままじゃ、ぼくばっかり感じすぎて……かなりみっともないことになる。

「や……先輩も……俺だけじゃ、やだ。一緒がいい……」

動きを止めて、ぼくの顔を見上げた先輩は、かすかに頬を紅潮させていた。潤んだ目をして、その半ば開いた口から洩《も》れる呼吸はわずかに荒い。少し苦々しげな様子で、唇の端をきゆっと上げる。

「……ほんとかわいいな、茅原は。……襲っちゃいたいよ」

先輩は呼吸を整えるように大きく肩で息をしてから、ぼくの頬に手を伸ばし、じっと目を覗き込む。それでも、表情に刻まれた切羽詰まったものは消えるどころか、昂《たか》ぶってくる熱がどんどん抑えきれなくなるようで。

いきなり噛みつくようなキスをしてきたかと思うと、先輩はぼくのズボンと下着を足から引き抜いた。下半身をさらす格好になってあわてるぼくを抱きしめて、「俺も一緒にするから」と、ズボンのベルトをはずし、ファスナーを引き下げる。

性急で強引な動作が少しだけ怖くて、心臓がドキドキした。先輩は、ぼくの手を自分の硬くはりつめているものにさわらせた。とっさに手を引っ込めてしまいそうになったけれども、こわごわとふれると、ぼくの手のひらのなかでそれは反応した。

ぼくは「あっ」だか「おお」だか、変な声をだしたらしい。先輩は怖いような顔をゆるめて噴きだすと、再びぼくのものを握り、頬やら首すじやらにめちゃくちゃにキスをくりかえしながら刺激した。

「かわいい」と吐息のような声を耳に吹き込む。

「どうにかなりそうだよ。俺は……」

そしてぼくのほうも、そのままどうにかなってしまった。

あとのことはよく覚えていなかった。ただ、ぼくはもう先輩になにかしてあげるどころではなくて、必死に何度も弾けそうになる快感をこらえ、ついに腰を震わせてイッてしまった。先輩も、押しつけるようにして、ぼくの内股《うちもも》を濡らした。

ひたすら恥ずかしかったけれども、先輩がなんだかうれしそうな顔をしていたので、ぼくもつい笑ってしまった。

笑いながら、先輩の顔を見た。なんだかいくら見つめても足りないような気がして、じっと見つめ続けた。先輩も同じみたいで、ぼくの顔を見るだけで表情がゆるむみたいに、ずっと楽しげな笑みを浮かべていた。

見つめあって、頰を寄せあって、どうでもいいことをしゃべりながら、飽きることがないみたいにふたりでキスをくりかえした。

6

目が覚めた途端、目尻にひっかかっていた涙がぽろりとこぼれ落ちた。

ヤバイ、電車のなかで泣くなんて、また挙動不審男——と、ぼくはハッとして姿勢を正しながら頬をぬぐった。

気がつけば、車内の風景は一変していた。通学の制服姿はすでになく、客層も微妙にのどかな顔ぶれになっていて、座席には空いているところが目立った。「きゃーっ」と小さな子どもの歓声が、隣の車両から聞こえてくる。

腕時計を見ると、すでに昼を過ぎていた。折り返し運転のおかげで、眠ったまま終点と始発を何往復かしたらしい。

ぼくは先輩に似ている高校生が立っていた戸口に目をやった。もちろんそこにはもう誰もいなかった。

ずいぶんとなつかしい夢を見た。

いい天気だった。窓から見える空の青さに目を細めながら、ぼくは頭のなかでスーツ姿の先輩の不機嫌そうな横顔に話しかける。

ねえ、先輩。

あんなに必死で好きだったんですよ？　わかってますか？

好きだったのに。そして、いまも――好きなのに。

最寄り駅で電車を降りて、改札を出ながら携帯を確認した。先輩からの着信もメールもなかった。画面を閉じてためいきをつく。どうせあのひとはぼくがいなくても、「茅原はひとりになりたいんだな。ひとりにさせて落ち着かせよう」と考える冷静な思考回路の持ち主だからな。

外に出ると暑かったので、ぼくはスーツの上着を脱いだ。寝不足の目に、爽やかな昼の日差しが染みた。空だけは数年前と同じように、見事な青と白い雲のコントラストを描いている。なにも変わらず、そこに在《あ》り続けている。

最近、空をあらためて見ることなどほとんどなかったのに、どうしてあのころの空の風景だけは鮮明に記憶に残っているのだろう、と不思議に思った。

アパートまでの道のりを、久しぶりに雲の流れを追いかけるように歩く。初夏の日差しに身をさらしていると、意識まであのころに戻ってゆくようで、クリアーに見えてくるものがある。

やっと先輩に追いついたのに。こっそり見ていた背中をつかまえられたのに。

――終わらせたくない。

先輩と別れたくない。

今夜先輩が帰ってきたら仲直りしようと決めて、ぼくはスーパーで先輩の好物の酢豚の材料を買ってからアパートに帰った。

ぼくが一日留守にしたせいで部屋が荒《すさ》んでいるということもなく、室内は憎らしいほどに整理整頓されていた。ほんとうは料理だって先輩のほうが手際が良くてうまいのだ。

でも、今日は先輩がびっくりするほどの美味《おい》しい酢豚をつくってやる。そのためには少し昼寝をしなければ——先ほど洗面所の鏡に映った顔は目が落ち窪《くぼ》んでいて、ひどい有様だった。

早速布団を敷いて、夕方には起きられるように目覚ましをセットしてから横になる。よほど疲れていたのか、気持ちいいほどスッと眠りに落ちた。

今度は夢を見なかった。

目が覚めたのは、ドアが開く音がしたからだ。先輩が帰ってきたらしい。ほんの数十分しか眠った気がしなかった。

目をこすりながら布団に入ったまま周囲を見回すと、あたりは真っ暗になっていた。閉め切ったカーテンの向こうから、光らしきものは洩れてこない。おそるおそる時計を確認すると、針は九時過ぎを指していた。

そんな——酢豚をつくる予定が。

ショックのあまり、ぼくはすぐには動けずに布団から出ることができなかった。動かないといえば、たしかにドアの開く音がして、玄関の灯《あ》かりもついたのに、先輩が部屋に入ってくる気配がなかった。

玄関からの灯かりが伸びて、隣の六畳まで差し込んでいる。やがて部屋に入ってくる足音が聞こえてきたけれども、なぜか先輩は電気をつけようとしなかった。ぼくはとっさに息を殺して、眠った振りをする。

こっそり薄目を開けてみると、先輩は、ぼくの寝ている六畳と、居間の六畳の境目に立っていた。いくら暗いとはいえ、ぼくが布団を敷いて寝ていることはわかっているはずなのに、

「帰ってたのか」ともなにもいわない。

ただ黙って立って、電気もつけずに、こちらを見つめている。

寝ている振りをしているだけで、ぼくは冷や汗がだらだら流れて、生きた心地がしなかった。

先輩はおもむろに部屋のなかに足を進めてくると、ぼくの寝ている布団の脇《わき》に立つ。薄目も開けていられなくなり、ぼくはしっかりと目を閉じる。先輩は、上からぼくの顔をじっと見つめているようだった。

ややあって、畳の上に座り込む気配がする。おそるおそる再び薄目を開けると、先輩があぐらをかいて、肩の力が抜けきった様子で、組んだ両手を額にあててうつむいているのが見

えた。

その唇から、「ほーっ」と安堵《あんど》したような息が洩れる。

先輩はしばらくその体勢のまま動かなかった。やがて顔を上げたかと思うと、頬杖《ほおづえ》をつきながら、またぼくを見つめる。一言も発しないまま、先輩は長いことそうやってじっとしていた。

ぼくが起き上がるタイミングを計っているうちに、先輩はすっと立ち上がった。

なにかいってくれるのだろうかと思いきや、先輩は無言のまま背を向けて居間の六畳に移動する。そしてあろうことか、ふたつの部屋を仕切る襖《ふすま》を全部閉めてしまった。居間の電気をつけたらしく、閉められた襖の細い隙間《すきま》から灯かりが洩れてくる。

ひとりぽつんと残されたぼくは、もはや寝た振りをしているどころではなかった。なにが起こったのか信じられなくて、飛び起きる。

ちょっと、待て。

なんで一言も声をかけないで、向こうの部屋に行くんだ？

なに考えてるんだ？　坂江俊一っ。

「――ちょっと！　先輩っ！」

ぼくは勢いよく襖を開けた。先輩は上着を脱いで、ワイシャツ姿でネクタイをゆるめているところだった。何事が起こったのかと、わずかに目を見開いて振り返ったが、その姿はき

わめて平静そのものだった。

「どうした？　――起きたんだ」

ぼくは興奮のあまり、一瞬なにをいうつもりだったか忘れてしまった。ワンテンポ遅れて、怒鳴る。

「どうしたじゃないですよっ。先輩、帰ってきたなら、なんで俺に声かけないんですか」

「なんでって……」

先輩は眉をひそめながらネクタイを襟元からはずし、テーブルの上に放り落とした。

「よく眠ってたからさ。起こさないほうがいいと思って」

「だって、俺、一晩いなかったのに？　どこに行ってたんだとか、気にならないんですか？　心配じゃないの？　理由、知りたくないの？」

ぼくの訴えに、先輩は憮然《ぶぜん》とした顔を見せて「でも、よく眠ってたから――」とくりかえしたあと、不機嫌そうにその場に座り込んだ。敏感に不穏な空気を感じとって、ぼくも先輩の隣におずおずと腰を下ろす。

先輩は、じろりとぼくを見て、ふっと目許をゆるめた。やさしいけれども、少しだけあきれているような眼差し。

「――おまえさ、俺が心配してないと思ってるわけ」

先輩はやりきれない表情でぼくを見たあと、いらだたしげに前髪をかきあげた。

「心配だったよ。どこに行ったんだろうって気になって、昨夜《ゆうべ》はろくに眠れなかったよ。でもおまえだって子どもじゃないし、自分から連絡してこないなら、そうしたいんだろうって思うしかないだろう。それでも、今日は一日中気になってたよ。それなのに……帰ってきてみたら、当の本人はぐーぐー寝てるんだもんな。でも、きっと俺と同じように昨夜寝てないんだろうと思ったから……少しでも寝かしてやろうと思っただけなんだよ。起きてから、話はいくらでもできると思ったから」

先輩はためいきをついてぼくの頭をぽんと叩くと、睨みつけた。

「悪かったな。叩き起こして、『どこ行ってやがった』ってあれこれ詮索《せんさく》して尋問してやるだけの細やかな気遣いがなくて」

胸にぐっとくるものがあって、ぼくは唇を噛みしめた。そんなことはわかってる。先輩が心配してくれたってことは、ちゃんとわかってるけど。

「……なんでそんなに意地の悪いいいかたしかできないんですか」

ぼくのむくれた言葉に気を悪くした様子もなく、先輩は「そういうつもりはないんだけどな」と苦笑した。ふいに眉根を寄せたかと思うと、目頭を指で押さえ、「それに……」といいにくそうに続ける。

「まだ九時なのに……こんな時間から、真っ暗にして眠ってるだろ？　普通の状態じゃないのかなと思って。俺との喧嘩が原因なのか、それとも就職のことでなにか落ち込むことがあったのかなって。ふて寝してるだけならいいけど、もしかしたら泣いてるんじゃないかと思って……どうしようかと思ったよ」

先ほどまで、電気もつけずに真っ暗ななかで、ぼくのそばにじっと座っていた先輩の姿が思い浮かぶ。

暗闇のなかで、先輩はこんな表情をしていたのかな、と思う。疲労が色濃く刻まれた表情を少し苦しげにゆがませて、ぼくのことを案じていたのかな、と。

ぼくがただ眠りこけてるだけだとわかって、安堵のためいきをもらした先輩。ぼくが起きないようにと電気をつけずに暗い部屋のなかでじっとしていた先輩。

こういうところがかなわないんだ、といつも思う。

「……先輩は、いつも言葉が足りないんですよ」

唇が泣きそうにゆがむのをこらえながら、ぼくは訴えた。先輩はつつみこむようなやさしい目をしてぼくを見つめる。

「そっちは減らず口だからな」

「どっちが」

先輩にもう一度ぽんと頭を叩かれて、ぼくは泣き笑いのような顔をしてぷっと噴きだした。先輩もつられたように表情をゆるめて笑う。

ああ……この笑顔のそばにいたくて、ぼくはあの夏、必死に先輩を追いかけていた。

潤みかけた目尻に、先輩の指がそっと伸びてきた。

「――泣かないでくれないか」

先輩はそのまま顔を寄せてきて、ぼくの背中に腕を回した。

「おまえが泣いたり怒ったりすると、俺はどうしていいのかわからないんだよ。一昨日だって、あのままいいあいになったら、俺も心にもないことをいって傷つけそうだったし……。だから抱きしめようとしたら、『いやだ』って拒否されるし……そんなふうにされたら、俺はどうやって茅原のそばにいていいのか、わからない。――俺は無神経なことしてるのか？おまえを傷つけるようなこと」

瞬時に頭のなかにさまざまな言葉がかけめぐったけれども、なにひとつ口にすることはできなかった。

ふいに引き寄せるように抱きしめられて、ぼくは軽やかな眩暈を覚えながら宙に浮いたような気分になる。

そのまま気持ちだけがふわりと飛びだして、高く高く浮上する。風を受けて大きく旋回し、瞼の裏に浮かぶ空の上を飛ぶ。

あの夏に還《かえ》る。

風をきりながら自転車で走って追いかけた。日差しを反射した白いシャツがふくらんで揺れる。雲は目に痛いほど白く、空はどこまでも青く澄みきっていて。

そうしてぼくは――また何度でも先輩を好きになる。

どうしてあれほど空を見つめていたのか、いまならわかる。

あのころ、なにかに祈るようにして、奇跡が起きるのを待つような思いで、先輩が好きだった。

「……なにかあったなら、ひとりで悩まないでくれ。俺を、おまえのそばにいさせてくれ。頼むから」

先輩に囁かれて、ぼくはなかなか言葉がでなかった。

心のなかの空を見上げながら、祈るような気持ちで応える。

そばにいてください、ずっと。

そばにいて、ぼくの好きなあなたの笑顔を見せてください。

ぼくは一番近くで、あなたの笑顔を見ていたい。それだけで、とりあえず幸せなんです。

大きな坂道をスピードをつけて自転車で下っていった。まるで雲を追いかけて空を飛んでいるような気持ちになれた――あの一瞬をともに味わったあなたを、ぼくが嫌いになれることなど、たぶん一生ないのです。

もしもこの先すべてが変わることがあっても、この想いだけは、ずっと変わらずに胸の底に抱き続けていく。きっとそういう類のものだから。

目にわずかににじんだ涙をぬぐって、ぼくは先輩の顔を見上げて笑った。

「……俺だって、今日、仲直りしようと思って帰ってきたんですよ。先輩のそばにいたいから」

「──よかった」

先輩は微笑《ほほえ》みながらぼくの頬に顔を寄せてきて満足そうに呟いた。

それからどちらからともなく顔を見合わせて、キスをした。

こんなふうに心が通じあっていることを確認しながらキスをするのも久しぶりなんじゃないかと思うと、急に照れくさくなった。笑ってごまかすようにしながら、いったん身を引きかけると、先輩はやはり笑いながらぼくを抱き寄せ、顔を近づける。

「なんだ、キスくらいさせろよ。一昨日、おあずけさせただろう？　倍返しだから」

「なに子どもみたいなこと……」

「いいから、させろ」

先輩は珍しく甘えたようにいって、半ば強引に唇を押しつけてきた。

キスの合間に、先輩の少し乱れた甘い息遣いを聞く。こめかみからそっと髪をなでてあげてくれるやさしい指を知る。ぼくは先輩の顔を見上げて、ほっとして、また目を閉じる。微笑みながらキスを受ける。

先輩のそばにいることがただうれしくて、とても満ち足りた気分で笑う。

「……先輩……ぎゅっとして」

そうねだると、先輩は黙ってぼくの背中を再び抱きしめてくれた。息が止まりそうな感覚のなかで、くりかえし甘い浮遊感を味わう。

先輩はあのころと同じように、ぼくの耳もとでわずかに照れた様子を見せたあと、「好きだよ」とすばやく囁いてくれた。

「……好き」

ぼくもすかさず、言葉を返す。

先輩と出会ったあの初夏の空の日差しは、決して消えることなく、ぼくの瞼の裏にはりついている。

それは、曇りがちになる心の色彩を、ほんのりと明るく照らす。きらきら光る残像となって。いつまでもいつまでも。

微笑みあいながら、先輩とぼくはもう一度キスをする。気恥ずかしいくらいに甘く——飽きることがないみたいに、何度も何度もくりかえし、気が遠くなるくらいに。

「……今日、電車のなかで先輩に似た高校生を見たんです。カッコイイ男の子。なんだかなつかしくなっちゃった。高校のときの先輩がそこにいるみたいで」

先輩の腕のなかで甘えているうちに、脳裏に今朝見た電車内の光景が甦ってきた。

重なる情景には、眩しい想いのかけらがいくつも降り注いできて、ぼくは自然と目を細める。

見上げると、先輩もまるで同じ情景を見ているかのように、伏し目がちになってじっとしていた。そのまましばらく動かない。やがて、ぼくの目を覗き込むようにして、「ふうん」と悪戯っぽい笑みを浮かべる。

「こういう体勢で、若い男に目がいったって告白されてるわけ？　俺は。そっちのほうがいいって？」

不機嫌そうに目をすがめてみせる先輩がなんだかおかしくて、ぼくは「ううん」と首を振った。ふと思いついて、先輩のシャツの袖口のボタンをはずしてまくりあげる。

その意外にがっしりした右腕に手をすべらせているうちに、まるで初めてさわったみたいに、ひそやかに指が震えた。

「――この腕が、好き」

腕に這わせた指をからめるようにして、甘えついでにそういうと、先輩はなぜか少し憮然とした表情を見せてから、まいったなと目を細めた。

「おまえ、口がうまくなった」

照れくさそうに笑う目許には、少年の面差しが色濃く残されている。ワイシャツの白が夏服の白とだぶって。

そうして、ぼくは――いまも変わらず、先輩の笑顔にドキドキと胸を高鳴らせるのです。

キスとカレーパン

「茅原《かやはら》は俺のどこが好きなの？」

突然、先輩がそんなことを聞いてくるものだから、ぼくは食べかけのカレーパンを喉《のど》に詰まらせた。

放課後、先輩はいつものように寄り道してぼくの家にきている。コンビニで買ってきたカレーパンを、先輩は「腹減ったな」といって例のごとくものの数秒でたいらげたあと、のろのろと食べるぼくを退屈そうに眺めていた。そして、いきなり冒頭のせりふを吐いたのだ。

開け放しにしてある窓から入ってくる風が、夕方になると少し冷たい。九月も終わり近くで、あと一週間ほどで冬服に衣替えになる。先輩とぼくが両思いになってから、三週間ほど。

……といっても、いまだにぼくには「つきあってる」って実感はないのだけれども。

返事に困っているぼくに、先輩は詰め寄ってきた。

「ひとめぼれとか？」

「ど、どうしてそんなこと聞くんですか？」

ゲホゲホとむせながら、ぼくはウーロン茶でカレーパンを流し込む。

先輩は「大丈夫か？」と笑いながらぼくの背中をさすってくれた。ようやく落ち着いたところで「どうしてですか？」ともう一度問うと、先輩はかすかに唇の端をあげた。

「興味があるからだよ」

それって、こっちの反応をおもしろがってるだけなんじゃないか？　ムッとして、ぼくは顔をしかめる。

「そういうこと、ふつー聞きますか？　臆面《おくめん》もなく」

「俺も普通なら聞かないけど、茅原だと、なぜか聞きたくなるんだよな」

ここで無視したら話は終わりになるのかな――と、ぼくはだんまりを決め込んだけれども、先輩はさらに追及してきた。

「俺の腕が好きとか？　このあいだ女の子の足はふくらはぎに筋肉がついてるのがイイとかいってたけど、そういうフェチなの？」

「だ、誰が……」

完全にからかわれている、と思ったけれども、頬《ほお》が熱くなるのをどうしようもなかった。なにか気の利いた台詞《せりふ》を返してやろうと思っても、とっさに浮かんでこなくて。

「そういうとこじゃないんだ？」

う……とさらに言葉に詰まるぼくの背中を、先輩はなだめるように「よしよし」と再びさすってくれた。

ふと、その手の動きがゆったりとしたものになって、さするというよりは背筋をなぞって撫《な》でるような動きになる。ちらりと目線を向けたら、先輩の横顔が不思議な緊張感を伴って間近に迫ってきていた。

あ、ヤバイ――と思ったぼくは、とっさに手にしていたカレーパンの残りにガツガツと食らいつく。先輩が驚いたようにからだを少し引くのが目の端に映った。

いや、ヤバくはないんだけど。イイ雰囲気なのかもしれないけど。だけど……心臓に悪い。とりあえず「ごまかしてしまえ」という方向に意識が働くぼくは、まだまだ修行が足りないのだろうか。

「――ゆっくり食べれば？」

先輩は、苦笑じみたものを浮かべて、ぼくの背中をぽんと叩《たた》いたあと、手を離した。気まずい空気？　と思ってチラリと横顔をうかがうと、先輩は普段と変わらない涼しげな顔に戻っていた。床にあった雑誌を手にとって、手持ちぶさたにぱらぱらとめくっている。

――ぼくは、先輩との「接触」にいまだに慣れない。

すでにキスだってしてるし、それ以上のこともしてるんだけど。でも、あれは両思いになった喜びのあまり、勢いのままにしてしまったところがあるので、冷静になってみると、二度とあんなことはできないんじゃないかと思うくらい恥ずかしくて。

先輩とのそういう関係が、自然な日常に組み込まれてもおかしくないってことに、ぼくの感覚はまだ追いついていかないのだ。

そりゃしたいけど……でも、したいってがっつくのもどうなんだろうって気がするし、妄想のなかではイヤラシイことといっぱい考えてても、実際に先輩相手にそういうイヤラシイことするのはどうなんだろう、と思ったりするし。妄想が暴走して、から回りしてるような状態で。

あれから何度かキスしたりはしたけれども、それ以上のことはない。

なぜかというと――。

ついこのあいだ、全然そういう甘ったるい雰囲気でもなかったのに、いきなり後ろから抱きしめられたことがあった。馬鹿話なんかしてて笑い転げて、まったく警戒がゆるんでいるときだったから、こっちはひたすらびっくりしてしまった。

そんな不意打ちってないだろう？

しかも、あまりにも自然にすっとシャツの裾《すそ》から手を入れられて、そのまままたくしあげられて……「あれれ？」って感じで、ぼくはなんだか突然こころもとなくなって、反射的に先輩の手を腕でブロックしてしまったのだ。

「なんですか？　いきなり」ととまどうぼくを、先輩はなにもいわないままじっと見つめたあと、あっさりと解放した。しばらくしてから苦笑いを見せて、「そうだよな。最初から、ちょっと飛ばしすぎたもんな」といった。

べつに気を悪くした様子もなくて、その横顔はやさしいままだった。強引にしてくれたら流されたと思うのだけれども、先輩はそんなことはしなかった。

しかし、それ以来、そういう「接触」は一切ナシ。決して気まずい雰囲気ではないんだけど……。

こういう状態になったら、ぼくのほうから「いいよ」とOKのサインをださない限り、なにもないわけで……。

しかし、そのサインをだすってかなり恥ずかしいことじゃないか？　そういうのって、ぼくと先輩には不似合いなような気がするんだけど。もっと普通のやりとりを重ねて、気持ちが通じあってから自然に……。

――などと、どうしようもなく乙女なことをループで考えている状態なので、いきなり不用意に先輩に接近されると、ぼくは焦って、どうしたらいいかわからなくなってしまうのだ。

こんなんじゃいけない、と思っているのに、どうやったらことがスマートに運ぶのか頭を悩ませるばかり。ぼくも先輩にふれたいんだけど。また、ぎゅって抱きしめてほしいな、とか……。

「――なにがそんなに楽しいの？」

ふいに問われて、ぼくはハッとして「え？」と先輩の顔を見た。先輩のほうがなんだか楽しそうに笑っている。

「いや、ひとりでしかめっ面《つら》したり、にやけたり。楽しそうだなって」

「し……してないけど、俺、べつに」

「してたよ」

先輩は手にしていた雑誌を放り投げて、ぼくのほうに身を乗りだしてきた。

「ひとりで楽しんでないで、俺も混ぜろよ。なに考えてた？」

「いや……先輩が……」

「俺が？」

先輩の顔が間近に迫ってきたので、ぼくの口許《もと》はヒクッとこわばった。なんとか笑いをつくってごまかそうと必死になりながら、頭をフル回転させる。

「えーと、俺は先輩のどこが好きなのかなって、さっきの質問の答えを考えてて……」

先輩の唇が「へえ？」と少し意地悪く歪《ゆが》む。冷や汗が脇《わき》の下を流れるのを感じながら、ぼくはこの緊張感が少しでもやわらぐ回答をひねりださねば、と必死になった。

「で、どこなんだ？」

そんなアップで迫ってこられたら、マトモな思考が働かないってば——と思いつつ、ぼくはどもりながら答えた。

「——は、早食いのとこ？」

先輩は無言のまましばらくじっとぼくの顔を見つめていたかと思うと、ふっと顔をそむけて、「色気のないやつ」と呟《つぶや》いた。

「おまえ、おもしろくない」

絶望的、といいたげに額《ひたい》を押さえてうつむく先輩を見て、ぼくは憤慨した。

「先輩をおもしろがらせるために生きてるわけじゃないですよっ、俺っ」

先輩がうつむいたまま、上目遣いにぼくをチラリと見上げる。またキツイ言葉でからかわれるのだろうか、とぼくは反撃の言葉を頭のなかでいくつか用意しながらあとずさりしたけれども、腕をつかまれて引き戻される。

先輩の唇がふっと崩れて、笑う。ぼくはそのまま引き寄せられて、倒れこみそうになったところを両腕を広げて抱きしめられた。

「——茅原」

一瞬、抱きしめてほしい、と思ったことがテレパシーで通じたのかな、と馬鹿なことを考えたりした。

先輩は、ぼくの背中をなだめるようになでて、耳もとに「大丈夫」と囁《ささや》く。

「……抱きしめるだけだから」

先輩も、ぼくにふれたかったのかな——同じことを考えていたとわかって、ほっとする。

ふれたくて。ふれられたくて。呼吸がぴったりと合わさる感じ。

ふわふわ浮く軽やかな空気を胸いっぱいに吸い込みたくて……ぼくはからだの力を抜いて先輩の匂《にお》いに顔を埋《うず》める。

先輩はふいにぼくの顔をあげさせて、「茅原？」と問いかけながら顔を近づけてきた。なにもいわないでいたら、そっとキスをされた。

やわらかい接触を何度かくりかえしたあと、「口あけて」と小さく囁いて——ぼくは、いわれたとおりに唇を開く。

まだ慣れないその感触にびくりと肩を震わせながら、先輩に唇を吸われる。

意識がとろんと甘くとけてしまいそうで、また飛んでしまいそうになった。ああ、ヤバイ……。

「……あっ」

唇を離された瞬間、自分でだした声に自分で恥ずかしくなって、ぼくは反射的に先輩を押しのけた。先輩は驚いたようにまばたきをして、ぼくを見る。

また、マズイ反応をしてしまった……と思いながらも固まってしまって動けないでいると、先輩が笑う。

「——まだ？」

よけいなことは問わずに、先輩はその一言だけを尋ねてきた。

いや、そんなことはないんだけど……と思いつつも、いえない。

押しのけてしまった手前もあるけれども、なによりもそうやって先輩に甘やかされているのが心地よくて。

悪いことかな？

少し先輩を困らせてみたい、と思ってしまうのは。

両思いになれただけでうれしかったはずなのに、ぼくはどんどん欲張りになっているみたいだった。

もっとぼくに関心をもってほしい。もっともっとぼくを大切にしてほしいって……思うんだけど……そんなわがままをいったら、先輩は怒るだろうか。それとも、やさしく抱きしめてくれるかな。

「せ……先……」

ぼくが口を開きかけた途端、先輩は「いいよいいよ」というようにぼくの背中を叩いた。

なんとなく肩透かしを食らわされた気分で、ぼくは唇に残された先輩の熱を名残惜《なごり》しく感じて指をあてる。

すると、先輩もシンクロしたみたいにぼくと同じしぐさをした。人差し指を唇にあてたまま、ぼそりと呟く。

「——カレーパンの味がしたな」

その瞬間、顔から火がでそうなくらい恥ずかしくなったので、ぼくは口許を押さえたまま先輩を睨《にら》みつけた。

「先輩……色気ねえ……」

照れ隠しにふくれてみせると、先輩はおかしそうに笑いながらぼくの額を小突《こづ》く。

「おまえにそんなこといわれるとは思わなかったよ」

……ごもっともです。

クリスマスとアイスクリーム

頬《ほお》を刺すような冷たい風に思わず眉《まゆ》をひそめる。

十二月ともなると空気もすっかり冬のにおいに満ちていて、毎日同じ学校の風景を眺めているはずなのに、どことなく色がくすんだように感じるのは気のせいだろうか。

放課後、自転車置き場のところで先輩を待ちながら、ぼくは首のマフラーを巻き直した。

「茅原《かやはら》。ごめん。待ったか」

いつもよりも待ったけれども、たいした時間じゃない。

遅くなった理由は、先輩の姿を見てすぐに理解した。隣に並んで歩いてきたのは、先輩の友達の真島《まじま》さんだった。真島さんは先輩と同じくらい背が高くて、女の子に人気のありそうな二枚目だ。軽妙な感じでモテるんだろうけど調子が良すぎて、いつも女子たちから「もう真島くんてば」と文句をいわれて、それでもなぜかうれしそうに笑っている。

先輩とは仲が良いらしく、以前海に行ったときもメンバーに入っていた。前の彼女に坂江《さかえ》はもう気がないんじゃないの、と教えてくれたのもこのひとだ。

……ふたりで話し込んでいて遅くなったのか。

「毎日毎日、仲いいねえ。忠犬、ご苦労」

真島さんはぼくに笑いかけた。一緒の部活をやっているわけでもないのに、学年の違うぼくと先輩が親しくしているのは、傍目《はため》には不思議な構図だろう。ぼくが一方的になついているように見えるだろうけど。

真島さんの肩を、先輩が不愉快そうに叩《たた》いた。

「犬っていうな」

「あれ、おまえ、犬好きじゃなかったっけ？　昔は飼ってたじゃん。でっかい茶色いヤツ。それに、茅原のこと『犬みたいで可愛《かわい》い』っていってたじゃん」

「俺がいうのはいいけど、おまえは――」

先輩が庇《かば》ってくれるのを遮って、ぼくはとっさに「犬」の一言に反応してしまった。

「先輩、犬飼ってたんですか？　俺、それ、初めて聞きましたよね？　いいなあ。うちは母親がアレルギーで、毛があるやつは駄目なんですよ。だから亀ぐらいしか飼ったことない」

「亀？」

先輩たち二人はそろって聞き返した。

「うん。ちっちゃい亀。でもね、飼って一週間ぐらいして、水槽を洗うために亀をほかの入れ物に移してたとき、入れ物から這《は》い出してどっかに逃げちゃったんですよ。家も庭のなかも探したけど、とうとう見つからなくて、行方不明になったままだから……それ以来、新しい亀もなんとなく飼えなくて。公園の池とかに無事に辿《たど》り着いて、大きくなってるといいけど」

「そりゃ、おまえ……」

いいかけて、先輩は迷ったように口をつぐんだ。すかさず真島さんが意地の悪い顔つきで引き継ぐ。

「猫かなんかにやられちゃってるよ」

「え。でも、亀だから、甲羅があるし……」

「でなきゃ、日干しになってるか」

楽しそうに笑う真島さんの頭を、先輩がたまりかねたように「もう帰れ」と叩く。

「なんだよ。……いってえなあ。わかった。帰りますよ。——坂江、さっきの件、考えておいてくれよな」

先輩はしっしっと追い払うように手を振った。「さっきの件」といわれて、先輩の表情がわずかに硬くなっていた。

妙に気になったけれども、友達同士の会話にまでいちいち割り込んで、「なになに？　なんの話？」とはたずねられない。ぼくは「後輩」にすぎなくて——いくらふたりきりのときにはそれ以上のつきあいがあっても、こうして制服を着ているときは、はっきりとラインを引かれている。

「亀のこと気にしてるのか」

ぼくが黙り込んだ理由を、どうやら先輩は亀のことで落ち込んでいると思ったらしい。

「いや……俺だって、亀は死んじゃったかもって思ってますよ。俺が浅い入れ物に入れたまま目を離したから……だから、あれから生き物は飼えないんだ」

先輩は困ったように眉根を寄せてしばらく黙り込んでいたが、ふいにぼくの頭をやさしくポンと叩いた。

「大丈夫。きっと天国から、その亀は茅原のことを見守ってくれてるよ」

やわらかい眼差《まなざ》しと笑みに見惚《みと》れて、一瞬ぼんやりとしたけれども、ぼくはハッと先輩を睨《にら》む。

「先輩、それ、真島さんよりもひどい。俺だって、そうかもしれないって思ってるけど、公園の池に辿り着いた可能性だって、数パーセントはあるんですからね」

「そうだな。茅原の亀なら、しぶといかもな。今度、近くの公園に探しに行こうか」

先輩はまるきり馬鹿にした調子でいってから、ふくれるぼくを見て、すっと頭に手を伸ばしてくる。

「わっ？」

髪をくしゃくしゃにされて、ぼくは「なにするんですか」と声をあげたが、先輩の視線にぶつかった途端、なにもいえなくなる。

先輩がうれしげな顔をして——自惚《うぬぼ》れでなければ、とても愛《いと》しげにぼくを見てくれるから。

「──帰ろう」

ぼくは魔法にかかったみたいに頷《うなず》くと、あわてて自転車に向き直る。ズルイと思う。先輩はその表情ひとつで、ぼくの気持ちをすべてかっさらっていってしまうから。

「先輩、さっきの話……昔、犬飼ってたって。いまも飼ってるんですか？」

自転車で並んで走りだしながら話しかけると、先輩は「いや」と首を横に振った。

「茅原のところと同じく、母親が動物を苦手なんだ」

じゃあ、昔は飼ってたって──と問おうとして思い直した。先輩の実の母親は亡くなって、現在の母親は再婚相手で義理の親なのだ。

「そ……そうですか。先輩のうち、まだ行ったことないから」

「そういや、そうだったな」

先輩はいま初めて気づいたような声をだした。

なんとなく先輩の態度から、家のことは聞いてはいけないような気がしていた。だから当然、先輩の家に遊びに行く話になったことはない。

「──くる？　これから」

タブーだと思っていたのに、先輩があっさりとそういったので、ぼくは「え」と自転車にブレーキをかけてしまった。先輩も自転車を止めて振り返る。

「どうした、茅原？」

「え……いや、それは……」

先輩には複雑な家の事情があって、ぼくの部屋を居心地良く感じてくれているから頻繁に立ち寄ってくれるのかと思っていたのに、勘違いだったのだろうか。複雑な問題なんてないほうが先輩のためにいいのだから良しとしても……。

「い、いや、それは――俺にも心の準備がっ」

ぼくが勢い良くかぶりを振ると、先輩は怪訝《けげん》な顔をしたあと、唇に含みのある笑みをのぼらせた。

「なに警戒してるんだ。――怖いことは、しないよ？」

「そういう問題じゃなく……」

顔が一気に火照《ほて》って、ぼくはしどろもどろになった。

「せ、先輩のうち、おうちのひとがいるんでしょう？　おうちのひとに初めて会うのに、俺、今日は髪型とか決まってないし。先輩にさっき、くしゃくしゃにされたし」

アホか、と突っ込むことなく、先輩は思慮深く「わかった」と頷いてくれた。

「じゃあ、心の準備ができたらおいで」

「は、はいっ。喜んで」

その返事がおかしかったのか、先輩はくっと笑いかけたものの、ぼくの非難がましい視線に気づいてあわてたように口許《もと》を押さえた。

「……先輩？　その態度はちょっと失礼なんじゃないですか？　俺は先輩の家に行くっていうのは、やっぱり緊張することで……」

「髪型とかいいだすからさ。どんな状態なら、ベストなんだよ。おまえはいつも変わらないだろ」

「そんなことはないですよ」

先輩は「へえ」と少し意地の悪い顔をする。

「悪あがきするなよ。茅原はなにをしたって、茅原だよ。それ以上にも、それ以下にもならない」

「馬鹿にしてる……！」

とうとう声をたてて笑いだした先輩に対して、ぼくはむっとしながらも、本気で怒ることはできない。

先輩がなにをいったって、こうして話しているだけで、ぼくは天にも昇る夢心地――夏の終わりに想いが叶《かな》ったときから、目が回るような浮遊感が続いている。浮かれすぎだとわかっていても、その眩暈《めまい》すらも抱きしめたいほどで……。

視界に特別な虹色とか薔薇《ばら》色のフィルターをかけられているみたい。あまり調子に乗るなといつか神様から鉄槌《てっつい》を食らわせられそうだ――と、ちょうど考えていたとき。

校門を少し出たところで、先輩の同級生がぼくたちの脇を通りかかって自転車を止めた。

「お、坂江。真島から聞いた？　二十四日のこと」

「ああ」

同級生は先輩と二言三言交わすと、「じゃあな」と走り去っていった。

先ほど真島さんが「さっきの件」といっていたのは、お友達同士で遊ぶ約束か。なんだ……と拍子抜けしたけれども、よくよく考えて「ん？」と首をひねる。

——二十四日？

先輩が自転車を走らせはじめたので、心臓が不穏な鼓動をたてはじめるのを聞きながら、ぼくはあわててペダルを踏む。

今月の二十四日っていったら、クリスマスじゃないか。


もしかしたら先輩と真島さんたちが遊ぶのは来月の二十四日かもしれないとむなしい予測をしたけれど、自分自身をだまそうにも説得力がなかった。

二十四日といえば、クリスマス・イブに決まっている。気がつけば、ぼくの周囲にもその手の話題が溢《あふ》れかえっていた。

カップルにとっては一大イベント。いままでそんなものには無縁だったので、まったく意識になかったけれども、普通はいろいろと計画をたてて過ごすものらしい。じゃあ、ぼくと先輩は——？

「なあ、茅原。江藤《えとう》とかと、一緒に遊ぼうって話がでてるんだけど。誘ってるのは、あと福《ふく》島《しま》と佐藤《さとう》。江田《えだ》は彼女もちだからさー」

翌日の帰りぎわ、クラスで仲のいい三崎《みさき》から、女子のグループとイブに遊ばないかと誘われたとき、ぼくはすぐには返事ができなかった。

「あれ？　茅原もひょっとして予定アリ？」

三崎は思いきり意外そうな顔をする。ぼくに予定があるなどとは考えもしなかったのだろう。そりゃそうだ。正直なところ、ぼくだって考えていなかった。

「彼女できたの？」

正直に頷くこともできない。彼女じゃない。ぼくの好きなのは男の先輩だ。

「そうじゃないけど、もしかしたら予定が……」

予定はない。先輩は真島さんたちと遊ぶ約束をしているみたいだし……。言葉を濁しながら、たぶん先輩もいまのぼくと同じ状況なんだろうと理解した。友達に誘われれば、傍目には彼女がいない先輩はことわるわけにいかない。イブにまで後輩のぼくと遊んでいるというのは、どう考えたっておかしな話だ。

でも、友達の誘いを受ける前に、一言ぐらい、ぼくにいってくれたっていいのに。ぼくと先輩って——つきあっているんだよな？

好きだっていってくれたんだから……そう自らにいいきかせてみても、先輩がぼくのことを「恋人」と認識しているのかどうかは甚《はなは》だあやしかった。もちろんキスもしてるし、それらしい接触もしてるけど——いつも先輩のペースで、いいようにあしらわれているような気がする。

もちろん可愛い後輩とは思ってくれているんだろうけど……これが自惚れだとしたら、どうする？

「茅原？」

三崎にとまどうような視線を向けられて、ぼくはハッと我に返った。

「ご……ごめん。ちょっと返事待って」

「ＯＫ」と了解してくれる三崎に、ぼくはもう一度「悪い」と謝って教室を出た。

先輩のことだけで世界が回っているような、危うい感覚。実際にはぼくと先輩の関係なんて誰も知らないし、ほかのひとにとっては興味のないことなのだ。どうでもいいことを大事に抱きしめているアンバランスさに時折躓《つまず》いてしまいそうになる。でも、先輩を前にすると、転んでしまう可能性なんて忘れて、突っ走ってしまうのも事実で——。

いつものように自転車置き場で先輩を待っていると、真島さんが通りかかった。

「坂江、もうすぐくるよ。今日はちょっと先生に用事いいつけられたから」

「あ、そうですか。ありがとうございます」

そのまま通り過ぎようとして、「そうだ」と気を変えたように真島さんは戻ってきた。

「茅原って、いつも坂江と一緒に帰ってるの？」

「え……ええ、まあ。通学路が一緒なので」

先輩は自分の友達には、ぼくのことを「コンビニで仲良くなったやつ」と紹介している。そう説明されれば、それ以上事細かに追求してくるひとはまずいない。

「ふうん。仲良しなんだねえ」

やけに含みのある視線を向けられて、ぼくは冷や汗をかいた。

「後輩と遊んでるのが楽しいようじゃ、坂江は彼女のことなんかもう考えられないんだろうなあ」

「彼女」の一言に心臓が痛くなった。

「前の彼女さん……ですか」

「そう。あの子も一途な子だから、まだ坂江のこと好きみたいなんだよね。坂江のほうに脈がないってのは、俺はもうわかってるんだけどさ。相談されちゃって、せつないよ」

儚《はかな》げな風情の彼女を思い出して、ぼくは落ち着かなくなった。ああいう子に頼られれば、嫌という男も少ないかもしれない。

「真島さん、彼女さんと仲良しなんですか？」

「仲良しっていうか、中学のころによく一緒に遊んでたグループなんだよね。夏に海に行ったでしょ？　あの面子《メンツ》」

「まだ、つながりがあるんだ……」

後輩がそんなことを気にするのはおかしいということも忘れて、ぼくはつい呟《つぶや》いてしまった。真島さんの訝《いぶか》る視線にヤバイと焦る。

「先輩に彼女ができたら、俺なんて遊んでもらえなくなりますよね」

「そんなことないんじゃない？　茅原は特別みたいだから。よっぽど気が合うんだな。おまえがいると、坂江は楽しそうだもん」

先輩の親しい友達にそういってもらえるのは素直にうれしかった。少しは自惚れてもいいんだろうか……。

「真島さんたち、二十四日に遊ぶ約束してるんでしょ？　先輩の……あの彼女も一緒ですか？」

「ああ。くるかどうかはわからないけど、声はかけてるんじゃない。茅原も予定なかったらくる？　みんなでわーっと騒ぐだけだけど。坂江は……その前に、『彼女がもう一度だけふたりきりで話したい』っていうから、その話し合い次第だと思うけど」

瞬間、心がフリーズしてしまったのはいうまでもない。

「真島さんがこのあいだ、先輩に『考えておいてくれ』っていったの——ひょっとして、彼女さんのことですか？」

「うん？　まあ、二十四日に暇なやつで集まるって話と、彼女の件と、両方だけど」

——聞いてない。

彼女ともう一度話し合いをするなんて、ぼくは先輩から一言も聞かされていない。話すことではないといわれてしまえば、それまでだけど。

「茅原ってさ……」

真島さんが困ったような顔でいいかけたときだった。

「茅原」

自転車置き場に現れた先輩は、真島さんの姿を認めると、しかめっ面になった。

「また……おまえはちょっかいだしてるなよ」

「なんで？　かわいそうにひとりで待ってるから、『坂江はもうすぐくるよ』って教えてただけだよ。なあ？　茅原」

一拍遅れて「ええ」と応える。ぼくが真島さんに同調していると思ったのか、先輩は少し不快そうに眉をひそめた。

「そんなに大事なら、もうちょっとしっかりと話しておけば？」

ひらひらと手を振って去ろうとする真島さんを、先輩は睨みつける。

「なんのことだ」

「モテるやつは羨《うらや》ましいから、教えてやらない」

先輩が「……ったく」とあきれたように呟く隣で、ぼくはひそかに混乱した。

あのくちぶり――真島さんは、もしかしたら気づいているのかもしれない。


「――真島に、なにかいわれた？」

ぼくの家に立ち寄った先輩は部屋に入って床に腰を下ろすなり、気遣わしげにたずねてきた。

「……べつに、なにも」

話されては困ることがあるから、そんな表情をするのだろうか……。制服をハンガーにかけて、普段着に着替えながら、ぼくの頭は先輩に対する不信感でいっぱいになった。

「真島さんて、俺と先輩のことに気づいてるのかもしれない。なんか……いつも『仲いいねえ』ってからかうし」

ぽつりと口にしてしまってから、「しまった」と思った。友達に勘付かれていると知ったら、先輩のぼくに対する態度が変わるかもしれない。少なくとも、ばれないように警戒するようになるだろう――と思っていたのに。

「……なんだ、そのことを気にしてたのか。沈んだ顔してるから、何事かと思った」

先輩がほっとしたように笑うので拍子抜けしてしまう。

「なんだって……あのひと、勘が良さそうだから……先輩が俺をかまいすぎて変だって興味もってるみたいですよ」

「べつにかまわないよ。かまってるのは、ほんとうのことだし。気づいても、あいつは吹聴するほど馬鹿じゃないから」

「……気にならないんですか？」

「茅原が心配だっていうなら、気になるけど」

真島さんにぼくとの関係を気づかれても、先輩にとってはたいしたことではないんだとわかって、からだの力が抜けた。

その場にぺたりと座り込むぼくを見て、先輩は「こっちにこい、心配性」と手招きする。

ぼくはむっとしながら先輩の隣に移動した。

「俺は先輩ほど、肝がすわってないんですよ」

「そうみたいだな。でも、髪型が気になって、俺の家にこられないっていうよりは、真島にバレたかもしれないって気にするほうが理解できるよ」

「また馬鹿にしてる……」

キッと睨みつけたぼくを、先輩は抱き寄せる。すっぽりと腕につつみこまれて、文句をいえなくなってしまった。

ゆっくりと先輩の瞳が近づいてきて、息をすることも忘れる。

軽くキスしたあと、先輩はぼくの耳もとにふっと吐息を吹きかけて、動かなくなった。

いつもどおりに話していて、いきなりこういう甘ったるいムードになることがあるから、どこに切り替えのスイッチがあるのかわからなくて、いまだにとまどってしまう。

動作は停止しているのに、心拍数は上がりっぱなし。体内で自分でも制御不能のものが増幅されていく。

「——茅原……」

先輩がシャツ越しにぼくの胸をゆっくりとさすりながら囁《ささや》いた。

「しても……平気？」

つきあって数か月たつけれども、いまだに先輩との「接触」のとき、ぼくが緊張してしまうのは、先輩がこうやって大切にふれてくれるからだと思う。慎重にたしかめるようにふれてくる指さきを感じていると、自分が壊れ物にでもなった気がしてくる。ぼくは本来、もっと頑丈なはずなんだけど。

「あ……は、はい」

ぼくが頷くと、先輩は「よかった」と笑いを含んだ声を吹き込んできた。

「我慢しろっていわれたら、どうしようかと思った」

先輩がこんなことをいうのは、一時期、ぼくが接触するのを恥ずかしがっていたからだ。こうして抱きあえるようになっても、先輩はまだ気を遣っているのか、それともからかうのが楽しいのか、必ず「平気？」とたずねてくる。

うれしいけど、いちいち確認されると、羞恥《しゅうち》が倍増されてしまう。すっかり体温の上がった肌の上を、先輩の指さきが器用に這っていく。

シャツを胸のところまで押し上げられて、ベッドに横たえられた時点で、頭のなかが真っ白になった。

「あ……あっ」

先輩はぼくのズボンを脱がしながら、平らな胸にキスのあとをつけていく。小さな突起をぺろりと舐《な》められて、びくんと肩が震えてしまった。

先輩と抱きあうようになるまでは、そんな場所は意識もしなかったのに、指でいじられたり、口で吸われるたびに敏感になっていく。いまでは軽く舌先でつつかれただけで、口から変な声が出てしまう。

「や……先輩……そこ……」

わかっているくせに、先輩は「どこ？」と意地悪くたずねてきて、チュッと強く吸ったりする。

「も……や……」

乳首を舐められながら、すっかり反応してしまった下腹の部分を、なだめるようにさすられて、疼《うず》きが止まらなくなった。

先輩も苦しげになってきて、キスするときの息が荒い。

後ろ向きに抱きしめられて、硬いものが腿《もも》にふれてきた。本能的に逃げようとする腰をしっかりと押さえつけられて、足のあいだにそれが挟みこまれる。

腰を動かされながら、熱くなっている下腹を刺激されると、意識がとろけそうになる。

「あ――」

先輩の腕のなかにいると、我慢することなどできなくて、すぐに達してしまう。先輩は小さく笑いながら、力の抜けきったぼくのからだを揺さぶり続ける。

終わったあと、混ざり合った呼吸のなかで、ぼくの顔を振り向かせてキスをする。達した瞬間も気持ちいいけれども、こうして唇を吸われているときが――気が遠くなってしまいそうなほど心地いい。

いつもは照れるけど、このときばかりは先輩に甘えたようにしがみついてしまう。余韻にぼんやりしているぼくを、先輩は「どうした」とからかう。

している最中は、先輩も切羽詰まっているところがあるけど、終わったあとはすぐに余裕を取り戻すから、その顔を見るたびに負けた気持ちになる。

「先輩……今日も、最後までしなかった」

「──してほしいの？」

即効で問い返されて、ぼくは返事に詰まった。

ぼくはこうやって抱きあうだけで充分だけど、厳密な意味では先輩とつながっていない。男同士でその行為を必ずしなきゃいけないってものでもないらしいけど。

こうして抱きあうようになってから、先輩が最後の行為にまで及んでこないことを不思議に思って、その理由をたずねたとき、真面目な顔で「茅原、注射とか平気？」と聞き返された。

ぼくが「大嫌いです」と答えると、先輩は深刻そうな顔になって、「痛いの、嫌いなんだ」と呟いた。そこで「いってる意味がわからない」と首をかしげるほど、ぼくもお馬鹿さんではない。

「い……痛いんですか？　少しは覚悟してますけど」

「少しぐらいの覚悟じゃ足りないかもしれないな」

青ざめるぼくを見て、先輩は爆笑した。当然のことながら、そのデリカシーのない態度にぼくは腹を立てた。

「ごめん、ごめん。茅原が怖くなくなったら、しようか」

こちらは真面目にたずねているのに、いつも冗談ではぐらかされるばかり。しかし、さすがにそのときは反省したのか、先輩はあとになって「なんで俺は茅原にこういうことといっちゃうのかな」とぽつりと洩《も》らしていた。

べつに最後の行為なんてしなくてもいいけれども、前の彼女の話がちらちらと出るたびに、つまらないことが気になってしまう。

先輩はどうしてぼくと最後までしないんだろう。気持ちよくなるためにはいまのままで充分で、必要ないから？　つながりたい——と思ってるのはぼくだけなんだろうか。

ぼくは再び思いきってたずねてみた。

「先輩。俺、このあいだネットで調べたんですけど……その、慣れれば、俺でもきっと……」

「慣れる？　なにに？」

先輩がいたって真面目に問い返すので、こんなことを必死に訴えている自分が世界一の愚か者になったような気がした。

「……いいです、もう」

恥ずかしくなって、背を向けたぼくを、先輩が「どうした」と抱きしめる。

「いいよ。先輩に馬鹿にされるだけだってわかったから」

「馬鹿にしてないよ。——茅原がそういうことに興味をもって調べてるって聞いたら、少し興奮した」

かすれた声が耳を嬲《なぶ》る。いつも涼やかな声音《こわね》に含まれた妙な熱に、震えてしまった。

「また、ふざけて嘘《うそ》いって……」

「嘘じゃないよ」

後ろから抱きしめる腕に力を込められて、からだが硬直した。

「……どんなサイト見た？　茅原もエッチなこと考えるんだな」

「考えるって……そりゃ、俺だって当然……」

「調べてて――したいって思った？　どんなこと？　教えてくれたら、してあげるよ」

その手のサイトを検索したときに見た画像が甦《よみがえ》ってきて、頭のなかがカーッと熱くなった。いまにも血管がブチッと音をたてて破れてしまいそうで……。

こめかみにくちづける先輩の唇がふっと笑う。

「ガチガチだな」

緊張が解けた瞬間、肩越しに振り返ると、先輩はおかしそうに笑っていた。

「無理するな。茅原のくせに」

小突かれて、安堵《あんど》すると同時に落ち込んでしまう。

無理はしてないんだけど……たとえ無理だっていわれても走りだしてしまうようなこの気持ち――先輩にはわからないんだろうなと思う。

先輩が好きだから。好きなぶんだけ、ひとから見たらくだらないって笑いとばされそうなことでも、息切れしそうなほど懸命になって、胸がちぎれてしまいそうなほど不安になって。それがうれしくて――いつも少しだけせつない。

「先輩……」

二十四日、真島さんたちと遊ぶんですか？　俺も一緒に行ってもいい？

そう訊《き》けばいいだけなのに、声にならない。たぶん先輩にとってはなんでもないことで、ぼくが先輩の家に行ったことがないと気づいたときのように、「そういえば、そうだったか」と流されてしまう類《たぐい》のことなのだろう。

こうしてそばにいられるのに、自分と先輩の見ている方向が少し違うと知るだけで、情けないことにひどく落ち込んでしまうのだ。

「なに？」

くちごもるぼくを、先輩は笑いのにじんだ目で見つめる。

「い……いいえ。なんでもない……」

「なんだよ、おかしなやつ」

いつもは眩《まぶ》しいはずの笑顔が、このときばかりは憎らしかった。

二十四日まであと一週間、街はクリスマス一色に彩られ、ぼくと先輩が学校帰りに立ち寄るショッピングセンターにも巨大なツリーが飾られていた。

こういった場所を一緒に歩いていて、クリスマスの話題が出ないのも、おかしな話だった。ぼくが鈍感な以上に、先輩もひょっとして周囲に目を配らないタイプなのだろうか。真島さんにぼくたちの関係を勘付かれていると知っても動じないことから、わが道を行く性格だとわかっていたけど……。

「茅原？　なに？」

書店で雑誌をめくっている先輩の横顔をじっと見つめていたせいか、不審な目をされてしまった。

「俺、ちょっとマンガ見てきます」

「わかった」

すぐに雑誌に視線を戻す先輩を恨めしげに見て、ぼくは漫画雑誌のコーナーに向かった。

訊きたいことがあれば口にすればいいのに――クリスマスの話題に関しては、ぼくも珍しく意地になっていた。

だって、いかんせん癪《しゃく》じゃないか。つきあってるはずなのに、先輩からなにもいってくれないなんて。絶対にぼくからは「クリスマス」の話なんてするもんか。

とぼけてるのか、ほんとに気づいてなくてなにも考えていないのか。おそらく後者に違いないから、よけいに素直になれない。

とはいえ、意地を張っているのも気持ちいいものではなかった。こんなふうに相手の反応を待つなんて、ぼくの性分じゃない。どうせ駆け引きにもなってないのに。

先輩にとってはなんでもないこと——問いただせば、きっとあっさりとかわされて、また落胆するかもしれないけど……。

やっぱり先輩にぼくから訊こう。クリスマスは真島さんたちと遊ぶのかって。

そう覚悟を決めたとき、書店の前の通路を知っている顔が歩いていくのを目にして、息を呑《の》む。

制服姿で連れ立って歩く男女。真島さんと、先輩の元彼女——。

本能的に気づかれないようにうつむいてから、ぼくはふたりが通り過ぎるのを待って目で追った。

あわてて書店から出てふたりの後をつける。彼女がまた先輩のことで、真島さんに相談でもしているのかと思ったら、気が気ではなかった。

どうしてこんなに気になるのだろう。先輩が好きだっていってくれても、ぼくは彼女にはつねに引け目を感じてしまう。先輩とつきあってるのは自分だって堂々といえないし、先輩にクリスマスに友達と遊ぶといわれても、「じゃあ俺もついていっていいですか」としかいえないんだ。

二人で過ごしたい――なんて、笑われてしまいそうでいえない。

真島さんたちを追っているうちに、ぼくは息苦しくてたまらなくなった。

真島さんと彼女はショッピングセンター内のフードコートに向かった。ぼくに気づいている様子はない。

アイスクリーム店の前で足を止めて、なにやら話している。

こんなに寒いのに、アイスなんて食べるなよ。どうでもいいことを突っ込みながら、ぼくは柱の陰からその様子を見ていた。

遠目に見える彼女の横顔は、いつもと変わらずおとなしげで、なにを考えているのかわからない。一緒に海に遊びに行ったときも、おっとりと微笑《ほほえ》む姿が印象に残っているだけで、ほとんど会話をしたことがなかった。先輩とどんなふうにつきあっていたのかを知ってしまうと、嫉妬《しっと》してしまいそうで――だけど、なにも知らないからこそ、ぼくにとってはその存在がいつまでも脅威だった。

「なにしてるんだ？」

敵情視察とばかりに気配を殺してアイスクリーム店のほうを睨んでいると、ふいに背後から声をかけられて飛び上がった。

「食い入るように見てるなよ。そんなにアイス食べたいの？　なにがいい？　奢《おご》ってやるから」

ぼくが書店にいないことに気づいて、探しにきたらしく、先輩があきれた顔つきで立っていた。ぼくはあわてて「しーっ」と指を口に当てる。

そこでようやく先輩はアイスクリーム店の前に立っている男女を認識したらしかった。わずかに驚いたように目を見開くと、「ああ……」と納得したように呟き、ぼくをじろりと睨みつける。

いいわけしなくてはいけない気になって、ぼくはしどろもどろになりながら口を開いた。

「このあいだ……真島さんが、彼女さんに先輩のことで相談されてるって話してたから、気になったんです。彼女がまだ先輩のことを好きで、話し合いたいっていってたって」

てっきり困った顔をするかと思ったのに、先輩はあきれた表情のままだった。しばらくぼくを見つめたあと、「仕方ないな」とためいきをつく。

「茅原、何味が好き？」

「え？」

「アイスだよ。なにが好きなんだ？」

「え……キャ、キャラメル？」

先輩が「キャラメルか」と頷いて、ぼくの腕をつかんで進もうとするので、ぎょっとした。

「せ、先輩？」

「奢ってやるよ。キャラメルのアイス、食べたいだろ？　ほら、ちょうどあそこに知ってる顔がいるから、一緒に食べよう。——そうしたら、もうなんでもないってわかるだろ？」

先輩がいわんとしていることは理解できた。おまえの心配してるようなことはなにもない。やましいところはないから、彼女と真島さんと一緒に話そうというのだ。たしかにそうすれば、すべてがはっきりする。だけど、ぼくは……。

「や……」

先輩は驚いたように動きを止めた。ぼくは駄々っ子みたいに足を踏ん張らせた。苦しい——こうしてこの場に立っているだけで苦しいのに。

「やだ……俺、先輩と彼女が並んで話すところ、見たくない——！」

真島さんたちに気づかれては困るから、かすれた声を振り絞る。

口にしてしまってから、愕然《がくぜん》とする。肝がすわってないとはいっても、これほど自分が臆病だったなんて。

先輩は茫然《ぼうぜん》としたように、ぼくの腕をつかんでいた手の力をゆるめた。

「……そんなに気にしてたのか」

うつむいた視線の先、自分のスニーカーを眺めながら、「ほら、やっぱり」と心のなかで呟く。

ぼくひとりが大げさに騒いでいるだけ。先輩はそれほどのことだと思ってやしない。それはそうだ。先輩ははっきりと意思表示している。ぼくを好きだっていってくれたのだから、それ以上の答えなんてあるはずもないのに。

「ごめんなさい。俺、つまらないこと気にしてる。自分でもくだらないって思うんだけど……」

このままうつむいていたら、もう先輩の顔を見られなくなりそうだった。ぼくは思いきって顔を上げた。

「先輩がせっかく奢ってくれるっていうんだから、やっぱりアイス奢ってもらおうかな。ダブルがいいかな」

笑ったつもりだったけど、先輩は困惑した様子で「いや……」と呟いた。

「なんで？　行きましょう」

そのときになってアイスクリーム店の前にいたふたりが、ぼくたちに気づいたらしかった。

真島さんが「おーい」と手を上げる。

「坂江ー？　茅原も一緒か。なにやってんのー？」

ぼくは真島さんに手を振って応えようとしたけれども、その隣に立っていた彼女が微笑みながらぼくたちに軽く頭を下げたのを見て、動きが止まってしまった。

——胸が、痛い。

先輩は、ぼくの顔色が変わったのに気づいただろうか。

「おい、こっちこいよー、坂江」

真島さんはなおも声をかけてくる。ぼくが真島さんたちのところへ向かおうと一歩足を進めたとき、腕をつかまれた。

「先輩？」

真島さんたちの方向とは反対へと、先輩は無言のままぼくを引っぱっていく。真島さんの「おーい？」と呼び止める声が聞こえてきて、あわてて振り返ると、彼女が心配そうな顔をしてぼくたちを見ていた。

ぼくは腕を引かれるままに先輩のあとをついていく。

「先輩ってば……」

先輩はすべて理解しているというような――それでいて、何事もなかったような笑顔で振り返った。

「アイスはまた今度奢ってやるから」

「――――」

「今日は俺の家にこい」

目を瞠《みは》るぼくを見て、先輩はやさしく目を細めた。

「おいで――心の準備なんてしなくていいから」

真島さんと彼女さんが変な顔してましたよ、いいんですか？　――と、口にしかけた言葉はあっけなく消えて、ぼくは「はい」と頷いて先輩の背中を追うしかなくなる。胸にかすかな痛みを抱きしめながら、つかまれた腕を離されないように。

こんな胸の痛みは、先輩に出会うまで知らなかった。想いが叶ったら、なくなるかと思っていたのに、いつまでも心の片隅に巣食って消えない。先輩のそばにいても、こうして腕をつかんでもらっていても、好きすぎて——心が痛い。

同時に、まるで夢を見てるみたいなふわふわとした心地良さも、先輩のそばでしか感じられないのだ。

「せ、先輩……そんなに急がなくても」

「駄目だ、急ぐ」

先輩に腕を引かれて、ぼくはショッピングセンターのなかを飛んでいるみたいに歩いた。

先輩の家の門扉の前に辿り着いた途端、心の準備をしなくてもいいといわれても、ぼくは深呼吸せずにはいられなかった。

明るい土壁のような色がどこか南欧を思わせる、なかなか洒落《しゃれ》た外観の大きな家だった。父親が建築関係だと聞いていたので、なるほどと思ったほどだ。

先輩がドアを開けて「ただいま」と声をかけると、奥から上品な女性の声が「おかえりなさい」と応えた。

現れたのは、うちの母親よりもずっと若くて綺麗《きれい》なひとだった。これが義理のお母さん――ぼくはにわかに緊張しながら挨拶《あいさつ》した。

「自分で飲み物とか持ってくから、かまわなくていいよ」

先輩は平淡な声で告げる。他人行儀といえなくはないけれども、剣呑《けんのん》ではなかった。先輩の母親も「わかったわ」と頷いて笑う。

先輩について二階に上がろうとすると、階段の途中で賑《にぎ》やかな声とともに駆け下りてくる子どもたちが見えた。

「あ、お兄ちゃん、お帰りー」

先輩の弟妹らしい、まだ幼稚園とおぼしき二人は笑顔で、「こんにちは」と声をそろえた。ぼくもつられたように笑顔で返した。

先輩はすれ違いざまに弟の頭をなでる。

「お兄ちゃん、友達と話があるんだから、少し静かにしてくれよな」

「わかったー!」

返事はいいものの、ふたりはキャッキャッとけたたましい笑い声をたてて階段を駆け下りていく。

案内された先輩の部屋に入っても、ちびっ子弟妹たちの騒ぐ声は聞こえてきた。家中を追いかけっこしているのか、ドンドンという足音も途切れることなく伝わってくる。

「に、賑やかですね」

ぼくはあっけにとられる。再婚家庭なんだから、もっと複雑な家なのかと勝手にイメージしていたのに。

「そう。うるさいだろ？　だから、茅原を家に連れてこようなんて思いつかなかったよ。おまえの家のほうが、ゆっくり話ができるから」

あらためて先輩の部屋を見回した。いきなりぼくを連れてきたわりには、室内は綺麗に整理整頓《せいとん》されていた。ブルーと薄いグレーを基調にして整えられたインテリアは爽《さわ》やかな印象で落ち着いていて、先輩らしかった。部屋の内装までイメージ通りにカッコイイなんて――隙《すき》がなさすぎて憎らしいとさえ思ってしまう。

ぼくが興味深げに室内をじろじろ見回していたせいか、先輩は「あまり見るなよ」とはにかんだ顔を見せた。

「チビたちがいないときに、家に呼ぼうと思ってたんだけどな。……予定が狂った。俺のせいで、誰かさんがしなくてもいい心配してるみたいだから」

先輩はベッドに腰を下ろすと、ぼくを「おいで」と手招きした。ぼくはふてくされながら隣に座った。

「心配……しますよ。だって、先輩、俺に彼女と話し合うっていわなかった」

「話し合うって……そういう意味の話なら、してないよ。前にも無理だっていったけど、今回も真島に考えてみてくれっていわれてことわったんだ。あいつは女の子に相談されると、ほっとけないやつだから……彼女もそれを聞いて納得したはずなんだけど」

話してない――と聞かされて、途端に恥ずかしくなった。やっぱりぼくがいらぬ心配をしていただけなのだ。

「納得……したんですか？」

「ふたりきりじゃもう会えないって伝えたよ。でも、真島とかも含めて、中学のときからの友達関係だから……今日みたいな感じで顔を合わせることはあると思うけど」

先輩は終わったことのように説明するが、彼女はもしかしたらまだ先輩のことをあきらめていないのではないだろうか。ぼくと先輩を見たときの穏やかな笑顔――ぼくたちが去るとき、心配そうに目で追っていた表情から察するに。しかし、その懸念を口にすることはできなかった。

いまはそんなことまで心配したくなかった。先輩がぼくときちんと向き合ってくれている事実を大切にしたかったから。

「茅原がそれほど気にしてるとは思わなかったから……いちいち話したら、よけいに心配するかと思って、なにもいわなかったんだ」

「話さないほうが、気にします」

「そうだな。よくわかった。ほかは？　なにか気になることはある？　なんでも話すよ」

気前がいいことをいわれても、いざとなると浮かんでこない。先輩がこんなふうにたずねてくれただけで満足してしまっていたのかもしれない。

「ないの？」

せっつかれて、ぼくはようやく「あ」と思い出した。

「二十四日の件。先輩、真島さんたちと遊ぶんですか？　俺も誘われたんだけど、一緒に行ってもいいですか？」

「二十四日？」

先輩はわけがわからない様子で訊き返してから、おもしろくなさそうな顔をした。

「そんなに真島たちと遊びたい？　茅原が連中と騒ぎたいっていうなら……仕方ないけど」

今度はぼくがきょとんとする番だった。

「俺が遊びたいわけじゃなくて——だって、先輩が真島さんたちと遊ぶっていうから、俺も混ぜてほしくて」

「そんなに混ざりたいのか。俺とふたりじゃ、駄目なの？」

先輩にためいきをつかれて、ぼくは「え」と瞬《まばた》きをくりかえした。じわじわと頬が熱くなる。

「……だ、だって、先輩、誘ってくれなかったじゃないですか。俺はてっきり真島さんたちと約束したと思って……」

「あんなの、ことわるに決まってるだろ。暇なやつらでむなしく集まろうっていうのに」

「でも、俺、誘われてないですよね？　先輩にクリスマスのクの字もいわれてないですよね？」

「誘わなくたって、おまえと一緒に過ごすに決まってるだろ。毎日、学校への行き帰りを合わせてまで会ってるのに、どうして俺が茅原よりも真島たちを選ぶと思うんだよ」

心外そうにいいはなってくれたものの、ぼくの非難がましい視線をあびて、先輩は少し語気を弱めた。

「それに……まだ一週間あるだろ。これからちゃんと話すところだった」

「遅いですよっ！」

ぼくが怒鳴りつけると、先輩はふてくされたように目線をそらした。

「……予定が狂ったんだ。ほんとうは……冬休みに入ると同時に家族が親戚《しんせき》の家に遊びに行く予定になっていて、俺は家に残るから……二十四日には、泊まりにこないかって茅原を誘うつもりだったんだ」

思いがけないことを聞かされて、ぼくはたじろぐ。

「だったら、早くいってくれればいいのに。俺にだって……これでもいろいろと予定があるんですよ」

先輩は相変わらずぼくの目を見ないまま呟いた。

「……いいにくいだろ。どこかに出かけるって計画ならともかく……泊まりにこい、って。でも、家族がそろって留守にするって機会もそうそうないから……」

先輩がいつになくぶっきらぼうに話すのを聞いて、ぼくも目を合わせるのが恥ずかしくなってしまった。

「そんなの……いってくれたら、うれしかったのに——俺は、先輩の家にきたかったし……」

先輩は「でも、もうきちゃったじゃないか」と拗《す》ねたような口をきいた。

「ほんとなら、もう少ししてから誘って、茅原のびっくりした顔を楽しむ予定だったのに」

「お……俺のせいですか？　俺が悪いの？　今日だって、先輩が家にこいっていったんじゃないですか」

「だって……ほっとけないだろ？　俺への不信感いっぱいの顔を見せられたら——そんな顔してたのは、誰だ？」

むっとするぼくを見て、先輩はようやく笑った。

「嘘だよ。悪いのは俺だから——本気にするな」

肩を抱き寄せられて、やさしい体温につつみこまれた途端に力が抜けてしまった。

「ごめんな」

背中をなでられて、ぼくは「ううん」と首を振った。口を開いたら、照れ隠しにつまらないことをいってしまいそうだから、黙っていた。

先輩は「茅原?」と呼びかけながら、ぼくの顔を上げさせて、唇を近づけてくる。

目を閉じたその瞬間、先輩の部屋の前を弟妹たちが走り抜けたのか、ドドド……と廊下を揺らすような足音が響いた。

ぼくがぱっと目を開けると、先輩はしかめっつらになって笑いをこぼした。

「駄目だな、今日は。続きは二十四日な」

額に軽くキスされて、ぼくも思わず噴きだしながら頷いた。


二十四日——クリスマス・イブ。

駅前で待ち合わせて、先輩と夕食の買い出しをした。定番のチキンを買って、ケーキは最後に買うことにしてどれにするか目星をつけてから、パスタとサラダの材料をスーパーで購入する。ぼくは料理などほとんどしないのだが、この日のために母親に好物のパスタのレシピを聞いておいた。すべて出来合いのものですませるつもりだったらしい先輩は「へえ」と意外そうな顔をした。

「茅原のくせに、料理なんて作るんだ」

「先輩、そのいいかた、ちょっとムカつきます」

「――うれしいからな。こういう口のききかたになるんだよ」

揶揄《やゆ》しているふうでもないので、思わず手にした買い物メモを落としてしまった。

……先輩、変だ。いつもなら素直に「うれしい」なんていいそうもないのに。わかりにくい意思表示しかしないから、ぼくがやきもきするくらいなのに……？

「茅原？　もう全部必要なものは買ったか？」

落としたメモをひろって、チェックしていると、先輩が肩越しに覗《のぞ》き込んでくる。ぼくはあわてて「は、はいっ」と返事をした。どっと汗をかく。

スーパーの店内を歩きながら、ぼくは徐々にドキドキと高鳴ってくる心臓の鼓動を止められなかった。

先輩とふたりきりのクリスマス――あらためて意識しはじめたら、おかしくなりそうだった。

みな、クリスマスの夕食のために買い物にきているのだろう。店内はずいぶんと賑やかで混《こ》みあっていた。BGMにはクリスマスソングのメドレーが流れている。

買い物を終えてレジに向かって歩いていたとき、通りかかった売り場のところに見知った顔をいくつか見つけて足を止める。

集まっていたのは、真島さんたちだった。仲間で集まるといっていたから、ぼくたちと同じく買い出しにきているのだろう。地元で買い物に行く店も限られているから、こうして出会う確率も高い。

その場に姿は見えなかったけれども、当然、彼女も店内にきているのだろう。もしかしたら、鉢合わせする——？

ぼくが反応するよりも早く、先輩が「こっち」と肩を叩いて、真島さんたちのいる場所から離れるべく回れ右をした。幸いなことにぼくたちには気づいてないようだった。

もし彼女に偶然出くわしたら……と気が気ではなかったが、表情をこわばらせるぼくとは正反対に、先輩はどこか楽しげな顔を見せた。

「あいつらに気づかれないように、ここを脱出しよう。急ぐぞ」


帰路に着いてから、最後に買うつもりだったケーキを忘れたことに気づいた。先輩は買いに戻るといったけれども、ぼくは再び真島さんたちに出くわしてしまうのが嫌で拒否した。理由を察したからか、先輩は無理に戻ろうとはしなかった。

先輩の家につくと、早速、パスタを調理した。ぼくが慣れない手つきでキッチンに立っていると、先輩がいつのまにか隣にやってきて手伝ってくれた。その手際のよさに目を瞠る。

「先輩、うまいですね」

「おまえが下手《へた》すぎるだけ」

ちらりと横目に見える笑いが憎らしい。

「精一杯やってる人間に、そういういいかたは……」

「そう。下手でも、一生懸命にやってくれるから、かわいいよ」

手にしていた皿を落としてしまいそうになる。……やっぱり変だ。からかわれるのはいつものことだけど、先輩の声がいつになく甘い。

食事の準備も出来上がって、向かい合って夕食の席につく。今夜は家族が留守にしているので子どもたちのけたたましい笑い声が響くこともなく、室内は静かだった。

先輩のうちでふたりきり。しかもクリスマス。先輩とはいつも一緒に過ごしているし、とりたてて新しいことはなにもないのに、なんとなく緊張してしまう。そして、なぜかそこはかとなく甘い雰囲気。いつもと同じ淹《い》れ方なのに、砂糖がひとさじぶん多いコーヒーみたい。

先輩は普段驚くほど食べるのが早いのに、今日はずいぶんとゆったりしたペースだった。ひょっとして口に合わないのだろうか、と途中から心配になったほどだ。

「……先輩、クリーム系、好きじゃありません？　和風のほうがよかったかな」

「どうして？　おいしいけど」

「でも、いつももっと早食いじゃないですか」

先輩は苦笑する。

「茅原がせっかく作ってくれたから、行儀よく、味わって食べてるつもりだったんだけどな」

「あ――」と、よけいなことをいったのが恥ずかしくなる。ぼくはあわてて次の話題を探した。

「先輩、料理するんですか？　さっきやけに手つきがよかったから」

「いまはほとんどしないな。親父が再婚するまでは――姉とふたりで食事の支度をすることが多かったから。でも、もうだいぶ昔のことだよ。俺が小学生のころだな」

家のなかは綺麗に片付いていて、キッチンも使いやすいように整理整頓されていた。いまのお義母《かあ》さんがいたら、先輩が台所に立つ必要などないのだろう。

「お姉さんは……？　みんなと一緒に親戚のうちに遊びにいってるんですか？」

「いや。姉貴は大学に入って、家を出てから、ほとんど帰ってこないな」

微妙なニュアンスが含まれているようで、ぼくは一瞬黙り込む。どうやらあまり先輩が話したくないことにふれてしまった……？

先日、お邪魔したときには、とても上品で綺麗なお義母さんと元気でかわいらしい弟妹たちの笑い声に圧倒されて、深く考えることもなかったけれども――。

そもそも家族みんなで出かけるのに、どうして先輩ひとりが家に残っているのだろう？

まさかぼくとふたりで過ごすためだけ？

先輩が物思いにふけるような顔つきになったので、ぼくは急いでしゃべりだした。

「う……うちの兄貴も、一緒ですよ。なんかもうほんとに家にいるより、解放されたって感じで」

「実家を離れて、一人暮らしをはじめればな。気持ちはわかるよ」

先輩も来年は三年生で――ぼくよりも一年早く高校を卒業して、おそらく地元を離れてしまう。まだ時間がたくさんあるような気がしていたけれども、実際はそう遠い未来ではない。その事実にいまさら気づいて、ぼくは茫然とする。

「茅原――はい、プレゼント」

ぼんやりしていると、先輩がいつのまにか席を立って、ぼくの脇に立っていた。

「え？」

手渡された包みを手に瞬きをくりかえす。先輩が事前に「プレゼント交換はなしで」といっていたので、ぼくは額面通りに受け取って、なにも用意してなかった。

「ええ？　先輩、ずるい」

「なにがずるいんだよ。プレゼントしてやるっていうのに。おまえ、第一声がそれか？」

「だって、先輩、『プレゼント交換はなし』だっていうから……」

「交換はしないけど、俺からはプレゼントするよ」

再び心臓の動悸《どうき》がおかしくなるのを感じながら、ぼくはもらった包みをぎゅっと握りしめた。

「だ……だって、これじゃ、俺ひとりがまるで気のきかないやつみたいじゃないですか」

「気のきく茅原なんて、見たことないけどな。文句いってないで、開けて」

やさしい声にうながされて、包みを開けると、手袋が出てきた。ぼくがいつも首に巻いているマフラーと同ブランドのおそろいだった。

「手袋は持ってないみたいだったから。なにがいいのか迷ったんだけど」

自転車に乗るので、たしかに手袋はカラー軍手みたいなくたびれたものを使っていた。見られてたんだ——とびっくりすると同時に、先輩がちゃんとぼくのことを考えて、この手袋を選んでくれたと思うだけで、じわじわと胸が熱くなった。なかなか声が出なくて、唇が震える。

「……ありがとうございます。俺、すごくうれしい。俺も、あとで先輩になにか……」

「いいんだよ。パスタごちそうしてくれたから」

「え……でも」

「そうやってあれこれ気を回すのがかわいそうだから、プレゼントはなしでいいっていったんだ。なにがいいのか考えすぎて、おまえの場合、ただでさえ小さな脳みそがパンクしちゃいそうだろ」

小憎らしい一言に、ぼくはむっと唇を尖《とが》らせた。

「だ……だったら、先輩もナシにしてくれればいいのに」

「じゃ、これ、いらないの？」

先輩がぼくの手から手袋をひょいと奪いとったので、ぼくは「あーっ！」と叫んだ。

「嘘、嘘っ……いります。欲しいです。ありがとうございますっ」

先輩はぼくを笑いながら睨みつけると、手袋を手のひらに落として、身をかがめてぼくをふわりと抱きしめる。

「——最初から、素直に受け取れ」

「ごめんなさい。ありがとう、先輩……」

先輩は「よし」と呟いて、ぼくの耳もとに軽くくちづける。

ぼくが「ひゃっ」と驚いて声をあげても、先輩はかすかに笑っただけで、なだめるようにこめかみから頬に手を這わした。いつもだったら、「なんだよ、その声」と突っ込まれそうなのに——怖いくらいにやさしい目をして、もう一度耳もとにチュッとくちづけられて、頬が火傷《やけど》したみたいに熱くなった。

「……先輩、今日おかしい……」

「え？」

「だって……なんかやさしい」

「いつも俺がやさしくないみたいじゃないか」

先輩の不服そうな顔を見て、ぼくはあわてた。

「そうじゃないけど……いつもやさしいけど……いつもよりやさしいから、どうしちゃったんだろうって……すいません、俺、なんか……先輩がいつもと違うと、緊張しちゃって……」

なにをいっているんだろうと思ったけれども、口が止まらなかった。ヤバイじゃないか、ムードぶちこわし。

無様に真っ赤になるぼくを見て、先輩は表情をやわらげた。

「——俺も緊張してるのかもな、茅原がうちに泊まりにきてるから」

「そ……そうですか。珍しいですね、先輩が緊張するなんて」

「おまえもいうな」

先輩は笑いながらぼくの額を小突いた。

「クリスマスだから、サービスだよ」

先輩はもしかしたらクリスマスらしいムードを作ろうとしてくれていたのかもしれないが、

食事の後にテレビのバラエティ番組を見てふたりで大笑いしてたら、そんな気配は跡形もなく吹っ飛んでしまった。

甘い空気がすっかり消えたことに、ぼくはほっとしながらも少し後悔したりした。

バラエティも終わって、十一時のニュースで都心に雨が降っていることを知った。アナウンサーが「あいにく、雨のクリスマス・イブで……」といいながら、傘をさしてイルミネーションのなかを歩く人々を紹介していた。

窓をのぞいてみると、こちらの地方は雨ではなく、みぞれが降りはじめていた。夜空にきらきらとした光が舞う。雪ならロマンチックなのに、みぞれだとどこか寒々しい。

「ああ、これじゃ花火は無理だな。真島たち」

先輩がぼくの後ろに立って、同じく窓から空を見上げた。

「花火？」

「夏に大量に余らせたやつがあるから、みんなで花火するっていってたんだよ」

「へえ……クリスマスに花火って、なんかチグハグなような、洒落てるような……そういや、俺、夏以外に花火ってやったことないかも」

「みぞれが降ってなかったら、真島たちと一緒に花火やったほうがよかった？」

先輩が意地悪くたずねるので、ぼくはかぶりを振った。

「いえ……先輩とふたりのがいいです」

わかってるくせに——と拗ねた気持ちで見あげると、「合格」と後ろから腕を回されてゆるく抱きしめられた。また飛び上がりそうになったけれども、からだが硬直したのに気づいたのか、先輩はぼくの腕をなだめるようにやさしくさすった。

「ケーキ、食べられなくて残念だったな」

「……明日でいいです。また買い物に行きましょう」

雪ならよかったのに——と思ったけど、先輩とこうしてふたりで見上げていると、みぞれも悪くない。外がひんやりと冷たいにおいに満ちているのに、先輩の腕がとてもあたたかいことを再確認するから。

花火が駄目になって、真島さんたちはどうしているんだろう。ぼくたちみたいに、窓から空を見上げてためいきをついているだろうか。

彼女は——？　もう先輩のことなど気にしてないのだろうか。それとも、真島さんの誘いに乗らなかった先輩が、いったいどこでイブの夜を過ごしているのかと思いを巡らせることがあるのか……。

「茅原、先に風呂に行ってきなよ。それとも、まだテレビ見てる？」

さらりとたずねられて、ぼくは焦ってしまった。

「いや、もう……」

「じゃあ、先に入ってきて。俺はあとでいいから」

先輩が肩を叩いてぼくを窓ぎわから戸口へと向かわせようとするので、押されるままに動くしかなかった。

「それとも、一緒に入る？」

悪戯《いたずら》っぽくたずねられて、ぼくはあわてて「いや、それは……」と首を振る。とっさに逃げるみたいに前に進む足を速めて、転びそうになった。

「おい、大丈夫か？」

「だ……大丈夫です」

先輩のあきれた顔に見送られて、ぼくはバッグのなかから衣類を取りだして、ぎこちないロボットみたいな動きでバスルームに向かった。

ひとの家のバスルームというのは、どこか落ち着かない。それでもあたたかいお湯につかっていると、からだに入っていた妙な力が抜けた。

……さっきから先輩が変なんじゃなくて、ぼくが変なのか。先輩がせっかく甘いムードを作ってくれても、自分でぶち壊してる？

これじゃ駄目だ――と、ひとしきり心のなかで反省会をしてから風呂から出てくると、先輩が「俺の部屋に行ってて」とやけにあっさりと告げて、ぼくと入れ替わりにバスルームに入っていった。

指示されたとおりにドキドキしながら二階の部屋に入ると、床の上に布団が一組敷いてあった。今日はてっきり先輩のベッドで一緒に眠るとばかり思っていたのに——これは、ぼくに床で寝ろということなのか？　それとも先輩が床で？

うーんと唸ったまま、ぼくはベッドに腰掛けることもできず、ましてや布団の上に座るわけにもいかなくて、しばらく突っ立っていた。

やがて先輩が風呂から上がり、二階の部屋に入ってきた。ベッドと床の布団を交互に睨み続けているぼくを見て、目を丸くする。

「おい……どうした？」

「いえ。俺がやっぱり床でしょうか。後輩だし」

クリスマスなのに、別の寝床を用意するって、どういうことなんだろう。そりゃさっきからムードをぶち壊してたかもしれないけど、この仕打ちはないだろう。でも、きっとぼくが緊張してるから……と気を回してくれたからに違いなくて、先輩らしいといえばらしい。

ぼくが「おやすみなさい」とそそくさと床に敷いた布団にもぐりこもうとすると、先輩は「ああ」とようやく納得したように布団に膝《ひざ》をついて、掛け布団をはぐと、なにを思ったのか、シーツをぐちゃぐちゃに乱した。

「なにするんですかっ」

「——工作しないと。義母が友達が泊まるって話をしたら、ちゃんと客用の布団を出していってくれたんだ。使った形跡がないと、どこで寝たのかしらって怪しむだろ」

あっけにとられるぼくの腕をつかんで、先輩は立ち上がる。そのまま手を引かれて、ぼくはベッドに腰を下ろした先輩に倒れ込むかたちになった。

「そっちに寝かせるわけないだろ。——こっちにおいで」

甘い声で呼ばれて、全身の温度が上がった。先輩の肩に顔を埋《うず》めた途端に、目が回りそうになる。先輩がやさしい手つきで髪をなでてキスしてくれるものだから。

「先輩……な、なんか恥ずかしいです」

「うん——俺もちょっと恥ずかしい」

はにかんだ声に面食らって顔を上げると、視線の先には先輩の笑顔があった。思わずぼくも小さく噴きだして、声をあわせて笑ってしまう。

「こうやって深夜にふたりきりでいるの、初めてだからな」

あらためて部屋のなかのひっそりと静まり返った気配に耳をすませる。先ほどリビングにいたときよりも、みぞれの窓を打つ音がやけに大きく聞こえる。いくら暖房をきかせていても、凍えるような冷たさが窓の隙間からすうっと忍び込んできそうで。

ふたりでいるからいいけれども、ひとりでいたら、淋しい夜に思えたかもしれない。そう考えていた矢先、先輩が空気に溶け込むような声で呟いた。

「静かだな」

染み入るような声音に、一瞬こわばったからだの力をふっと抜く。

「——静かですね」

先輩と一緒にいて、こんなふうに感じることは珍しかった。

先輩の隣にいると、ぼくは笑ったり赤くなったり怒ったり泣いたりして、冷静でいられたためしがない。先輩と話しているだけで、いつも見えている世界よりも少し明度の高い、きらきらした場所に放り込まれたみたいに感じるから。

いまもこうして——凍えるような空気が指さきをふっとかすめていく感覚にぼんやりしながらも、目に映る静寂は普段とは違うように思える。

静けさも、先輩と一緒にいると、ぼくひとりで見るのとは異なるフィルターがかけられているみたいだった。みぞれの音が目立つように、互いの心臓の鼓動が大きく聞こえて、ふれたところから生じる熱も温度が高く感じる。

「この前は弟や妹がさわいでたから、よけいかな」

どうして先輩は家族とは別行動でひとりで残ることにしたのだろうか。ぼくを呼ぶために？

質問はしなかったが、おそらくぼくの表情には疑問符がでていたのだろう。

「親父たちが出かけたのは、義母の親戚のうちなんだ。だから、俺は留守番——俺が遊びにいってはいけないって雰囲気があるわけじゃないいけど」

「そ……そうなんですか」

立ち入ってはマズイことではないかと、ぼくは必死に頭のなかで次の話題を探した。その心の動きもすっかり見破られていたようで。

「べつに気を遣わなくてもいいよ。弟や妹はかわいいし、義母はいいひとだし。茅原はもしかしたら複雑な事情があるんじゃないかと思ってるかもしれないけど、そういうのはなにもないんだ。姉にしても、自分がいると義母が気を遣うから、あまり帰ってこないだけ。だから――」

途中で迷ったように口をつぐむ。先をうながすようなぼくの視線に、先輩は苦い笑いを洩らしながら呟く。

「だから……そうだな。俺がいなくても、親父と義母と弟たちだけで家族が完成されていて、自分の居場所がないように感じることがある。義母は俺にとてもよくしてくれるっていうのに――贅沢《ぜいたく》な悩みだな」

とっさに言葉が出なくて、ぼくはただ先輩の背中に回した腕にぎゅっと力を込めた。先輩が震えたような気がしたから。

「ごめんな。おまえに、つまらないことをいってるな。姉貴にもこんなことといわないのに……茅原の前だと、どうも俺はよけいなことばかりいうな」

「……っ、つまらくないです」

ぼくはようやく必死に声を振り絞った。先輩は意外そうにぼくを見つめる。

「俺、先輩がなにを考えているのか、知りたいです。先輩のことで、俺にとってつまらないことなんて、ひとつもない。全部、知りたいです。俺はいつも先輩のそばにいるのがうれしくて……だけど、自分は先輩のためになるようなことしてあげられてないから……先輩が俺に話したいことがあるなら、全部話してほしい。聞くだけなら、俺にもできるし……ひとりで悩んでることがあったら――」

なにいってんだ、偉そうに……ぼくなんかが先輩の悩みを解決できるはずもないのに。いっているうちにカーッと頭が熱くなってきて、だんだん声がしぼんでいってしまう。けれども、ぼくを見つめる先輩の目がゆっくりとやわらかな笑みに彩られるのを見て、勇気付けられた。

「そ、それに……俺に話すだけでも、気が晴れるかもしれないでしょ?」

「――そうだな」

よけいなことをいっただろうかと心配になったが、先輩が「茅原になぐさめられるとはな」とおかしそうに笑いだしたので、ぼくはほっと胸をなでおろした。

先輩はふと黙り込んで、笑いをにじませた目のままぼくを見つめてくる。その視線がやけに熱っぽく注がれるので再び動揺した。

「な……なんですか?」

「いや。おまえがなにもしてないってことはないよ。俺は茅原と一緒にいると、楽しいよ」

「………」

「今日は茅原がいてくれてよかったな」

先輩にそんなことをいわれたら、ぼくはどんな顔をしたらいいのかわからなくなる。どうしよう。叫びだしたいくらいにうれしい。だけど、胸がいっぱいになって、その叫びは口から出ることはなく、からだのなかで苦しいほどに膨らんでいくだけなのだ。

「今日の先輩は、クリスマスだからってサービスが良すぎて、なんか……」

「緊張する？」

「いえ。もう……そんなんじゃなくて。うまくいえないんだけど……」

言葉だけでは伝わらないから、キスとか、それ以上のふれあう熱が欲しくなる。この苦しさを解放するには、もうそれだけしか手段がなくて……。

真っ赤になって黙り込んだぼくの唇に、先輩は「わかった」といいたげな長いキスを落としてきた。


ベッドに倒れ込んだ瞬間、寝具に染み込んだ先輩のにおいと、覆いかぶさってくる肌のぬくもりに抱かれて、達してしまいそうな錯覚に陥った。

「あ……」

パジャマのシャツを脱がされたときにはひんやりとしたけれども、すぐに先輩の手がふれてきて、ぼくの肌を熱くする。

背をしならせるたびに、先輩はなだめるように胸の先を吸ってきた。甘噛《あまが》みされて、思わず押しのけようと腕を伸ばす。

「や……先輩、噛んじゃ……」

「ごめん――」

先輩は苦しいのか笑ってるのかわからないような吐息を洩らして、ぼくの胸をやさしく吸う。

「かわいいから……もう、たまらないよ」

全身が熱の塊《かたまり》みたいだと思いながら、ぼくは先輩を睨みつける。

「そういうこと……いわないで。先輩……」

「なんで？　ほんとにたまらない」

「だ……だって、おかしい……」

先輩はかすかに笑うと、「そうだな……おかしいな」とまたしつこく胸にキスをくりかえしてきた。

「……や……」

すっかり反応してしまっている下腹をいじられて、ぼくはもう文句もいえなくなった。先輩の頭がゆっくりと下りていって、足のあいだに息遣いを感じたときには泣きそうになった。

「せ、先輩……それ……しつこくしないで」

とまどった声を無視して、先輩はぼくのものに口をつける。見事なほどに、訴えとは正反対なことをされてしまった。

「感じてる？　……すごいな、かわいい」

さんざん口のなかで可愛がられて、ぼくは驚くほど早く達してしまった。先輩が唇をぬぐいながら顔を上げたのを見て、羞恥と情けなさのあまり、頭が真っ白になる。

からかわれるかと思ったのに、先輩がとろけそうなくらいやさしい、熱を帯びた表情をしていたので、まともに顔が見られなくなった。

「茅原——今日は怖いことしようか」

目をそらしたぼくの耳もとに吹き込まれる囁き。とまどって視線を合わせると、先輩は微笑みながらぼくの髪をなでた。

意識が吹っ飛んでしまいそうになりながらも、ぼくはゆっくりと頷く。今日の先輩は心臓に悪すぎて、このまま接触していたら、息が止まってしまいそうだった。でも、ぼくだって最後までしたい——ずっとそう思っていたから。

「震えてる？」

大丈夫だとかぶりを振ったけれども、たしかにぼくのからだは震えているみたいだった。

「だ、大丈夫……です」

先輩はいったん上から退《ど》くと、隣に横たわってぼくの肩を抱き寄せた。よしよしとあやすように背中をなでられるので、にわかに焦った。

「……中止ですか？」

先輩は「え」と動きを止めて、小さく噴きだした。

「茅原が緊張してると……俺だって緊張するんだよ」

先輩の照れたような笑いを見て、ぼくのなかでいっぱいいっぱいになっていたものがすっと溶けて、楽になった。

そうか……先輩も同じなんだ。

「だから——無理しなくてもいいって。ゆっくりと呼吸して」

やさしく背中をなでられているうちに、からだから徐々にこわばりが消えていった。

ふれているうちにそれが伝わったのか、先輩は耳もとに「平気？」と確認してくる。

視線がからみあった瞬間、吸い寄せられるようにキスをした。

腰の後ろにそっと指を這わされたときには一瞬ビクッとしたものの、すぐに力を抜いた。

「足……もう少し開いて」

慎重にほぐされて、組み敷かれたときには恥ずかしくてたまらなかったけれど、変に力が入ったり、震えることはもうなかった。先輩とひとつになりたくて……。ぼくの肌を嬲る吐息が次第に荒くなってくる。先輩の息に合わせて、ぼくの呼吸も乱れていく。

足を大きく広げられて、抱え上げられたときにはさすがに息を呑んだ。押し付けられた先輩の熱に頭の芯《しん》がとろけそうになる。

「……つらくない？　平気？」

先輩が入ってくるあいだ、ぼくはしかめっ面になっていた。大きくて熱い塊に貫かれる痛みはまったくないとはいえなくて。

「……あ……だ、大丈夫」

全然そうは見えなかったのか、先輩がぼくの額になだめるようなキスをしてからだを引こうとしたので、あわててしがみついた。

「やだ、抜いちゃ——」

口走ったあとに、全身から汗が噴きだした。先輩はハア……と大きく息を吐いて、熱っぽい目をしたまま顔をゆがめた。

「でも、つらそうだろ」

「大丈夫。だって、せっかく先輩と……」

先輩は困ったようにぼくを見て、「わかった」と頷いた。そしてなぜか「ごめんな」と謝った。

「俺も茅原のこと抱きたくてたまらない」

囁く声が熱くて、ぼくのからだの温度をさらに上げていく。どこをさわられても、すぐにとろけてしまいそうだった。

「あ――」

先輩が奥へ入ってきた瞬間、それだけで達してしまいそうになった。しばらく動かずにいたので、よけいに体内にある熱を意識した。

「先輩……」

ぼくが首に抱きつくように腕を回すと、先輩はぼくの足を抱え込んで、ゆっくりと腰を動かした。

呼吸が荒くなるたびに、内側を穿《うが》つ熱も大きく膨らんでいく。

「茅原……やっぱりつらい？　大丈夫？」

「……大丈夫……じゃないけど、平気」

矛盾した返答に、先輩の唇が笑ったのが見えた。

「……かわいいな……もう少し……しても平気？　――」

なにを問われているのかわからないまま頷くと、先輩がいきなり突き上げてきたので、ぼくはびっくりした。「や――」という声はキスで吸いとられてしまって。

「ごめん。……もう余裕ないから」

激しく打ち込まれる熱と、「かわいい……茅原」とうわごとのように耳もとを嬲る甘い声に息が止まりそうになる。

余裕なんて、ぼくには最初からそんなものはあるはずもなくて——激しい動きに揺さぶられながら、先輩の首にさらに強くすがりついた。


「平気？　起きられる？」

先輩が抱き起こそうとしてくれるので、ぼくはあわててその腕を押しのけた。

「……へ、平気です。ほら、全然っ」

ぼくがすばやく身を起こして大丈夫だとアピールすると、先輩は目を丸くしたあと、ほんのりと唇の端を上げた。

——なんか嫌な笑いじゃないか？

「なんですか、先輩。その笑い」

「いや……おとなしく甘えておけばいいのにさ」

そうか、そういう場面だったのか、とハッと気づいても、時すでに遅し——いまさら先輩

によろよろと「からだに力が入らない」などといって寄りかかれるわけもない。

「喉渇《のど》いただろ。なにか持ってくるよ」

先輩は下着だけ身につけると、ベッドから立ち上がって、部屋を出ていってしまった。ひとり残されたぼくは、ドアの閉まる音を聞いて、寂しさを覚える。

なにもそんなにさっさと出ていかなくても……そりゃ喉は渇いてるし、ぼくもかよわく先輩の腕を引くタイプじゃないけど。

刺激の強いジェットコースターから降りて、いきなり気が抜けてしまったみたいだった。ぼくは倒れるようにもう一度ベッドに横たわり、布団を頭からかぶる。

布団には先輩のにおいが染みついている。抱きあっているあいだ、先輩が何度も「かわい」と囁いてくれたことを思い返して、頬が熱くなった。

普段いわないくせに……あんなときだけ甘い声をだすんだから。先輩の馬鹿。でも……好き。

布団にくるまりながら口のなかで呟いて、どっと汗をかいた。先輩がひとりでさっさといなくなっちゃうから——もてあました感情をひとりで抱きしめて、足をばたばたと暴れさせたいような衝動が全身を駆け巡っていく。そのままの勢いで「わーっ」と叫びそうになったとき——。

「——茅原」

ドアが開く音がして、先輩が戻ってきた。しかし、ぼくは布団をかぶったまま顔を出すことができなかった。だって、おそらくいま、すごく変な顔をしている。

「どうした？」

なにやってるんだ、と布団を引き剝《は》がされるかと思ったのに、先輩はいきなりぼくのからだを布団ごと抱きしめてきた。布越しに静かに問いかける声。

「――やっぱりつらかった？　途中でやめればよかったかな。キツイだろうなって思ったんだけど……」

気遣わしげな声を聞いた途端、支離滅裂に浮かれていた気持ちがすっと静まっていく。

馬鹿馬鹿――馬鹿なのは、ぼくだ。

ぼくは先輩が「かわいい」って甘い言葉を囁いてくれるから、やさしく抱きしめてくれるから好きなんじゃなくて――なによりも、一番こういうところが……。

「……つらくないです。疲れたから……ちょっと眠くなって布団かぶってただけ」

ぼくがあわてて布団から顔を出すと、先輩はほっとした表情を見せた。

「そうか。……俺の顔を見たくないんじゃないかと思って心配した」

「そんなことあるわけないのに」

「わからないだろ。俺が……つらくさせたのかなって思うじゃないか」

先輩がはにかんだように目を伏せるので、ぼくはその顔をまともに見られなかった。

「ほんとに平気?」

「平気です」

「そうか」とようやく安心したような声を聞いて、ぼくはつい憎まれ口を叩く。

「珍しい。先輩が俺に気を遣ってる」

先輩は「お」と目を瞠った。

「憎らしいこというな。——ほら」

いきなり頬にひやりとするものを当てられてびっくりした。

「つめた……」

「食べるだろ。ケーキ忘れたから、ちょうどよかった」

先輩が差しだしてきたカップのアイスクリームを受け取って、ぼくは目を丸くした。

——ぼくの好きなキャラメル味。

舌の上でとろける甘さに、「おいしい」と素直な感想を洩らす。先輩はうれしそうに笑うと、「どれどれ」と悪戯っぽい顔つきでアイスのスプーンに手を伸ばしてきた。

日なたとワイシャツ

「……先輩？」

目覚めると、先輩の寝顔がすぐ間近に迫っていた。

昨夜《ゆうべ》は「倍返しだから」といわれたとおりに、久しぶりに先輩と何度も抱きあった。

ぼくが大学生になって、一緒に暮らしはじめてから早数年——もう何度も見ているのに、こうして寝顔を近くで目にするたびにドキリとする。

カーテンの隙間《すきま》からこぼれてくる朝日が、先輩の目許《もと》を明るく染めていた。笑ったり、不機嫌そうにしたり、表情のあるときの先輩も格好良いけれども、こうした静かな寝顔も知らない部分を見せてもらっているみたいで、わくわくしながら見入ってしまう。

就職のことで落ち込んで、先輩とつまらないことで喧嘩《けんか》をしたのは三日前のこと。離れているあいだに出会った頃のことを思い出した。いまもこうして先輩がぼくのそばにいてくれることが奇跡のように思えた。

つい先ほどまで、夢のなかでつきあいはじめたときの、静まることを知らないような胸の高鳴りと、地に足がついてない高揚感に彩られた青い記憶を巻き戻していた。

初めて先輩と最後までしたとき、とてもやさしくしてくれたっけ……。「余裕がない」といいながらも、ぼくを気遣ってくれた先輩のはにかんだ表情や、台詞《せりふ》のひとつひとつまでしっかりと覚えている。

高校一年のクリスマスの夜は忘れられない。舌の上をとろけるアイスクリームのように、記憶のなかで蜜《みつ》のように甘く流れる。

「――もう起きたの？」

気配に気づいたのか、先輩がゆっくりと目を開けた。同時に顔を寄せてきて、ぼくの額《ひたい》に唇を寄せる。

チュッとキスされて、ぼくは頬《ほお》が真っ赤に染まるのを感じた。先輩は悪戯《いたずら》っぽく笑う。

「起きられるんだ？　昨夜、もっとすればよかったかな……茅原《かやはら》が起きられないくらいに頑張ったつもりだったのに」

「朝から、変なこといわないでください」

「朝だから、変なんだよ。眠い」

「だったら、眠っててください。まだ寝ぼけてるんですか。先輩は変なことというときだけ言葉が達者なんだから……まったく」

先輩はぼくを「ふうん」といいたげに見つめてから、意地悪く唇の端をあげた。

「なに？　なんだって？　どんなときに言葉が達者？」

「い、いや……場所が、ごく狭い地域限定というかですね」

「――布団のなかだけ、っていいたい？」

皮肉ったつもりなのに、相手に平然と返されると、こちらのほうが恥ずかしくなる。

「相手も限定してるけどな。――茅原に対してだけだよ」

耳もとに囁《ささや》かれて、ぼくは高校生のときのように布団のなかでじたばたと手足を暴れさせたくなってしまった。

先輩はまるでぼくの心のなかを読んだように、おかしそうな笑い交じりのキスを耳もとに落としてくる。

「や……」

逃れようとしたら後ろから抱きしめられて、胸に手を這《は》わされる。首すじに吸い付いてくる動作にまったく無駄がない。

「……せ、先輩って、ムッツリですよね」

「それも、茅原に対してだけ」

甘えたように囁かれて、反撃したつもりなのに、またもやぼくのほうが黙り込むはめになってしまった。

「ほかのやつに対しても、そうだったほうがよかった？」

「いえ……」

俺だけで――と答える声がかすれてしまう。先輩は「くだらないやりとりはもうおしまい」といいたげに、ぼくのからだをゆるく抱きしめて目を閉じる。

こうしていると、まるでつきあいはじめの頃に戻ったみたいな空気にとまどってしまう。最近、ぎくしゃくしていたことが信じられない。

どうしてあんなふうになってしまっていたのか。ぼくはこうやって先輩が自分のそばで楽しそうに、リラックスしている姿を見るのが好きなのに。

先輩もおそらく社会人になったばかりで、肉体的にも精神的にも疲労がたまっていたに違いなかった。それも考えずに、自分のことだけで頭がいっぱいになって、意地を張って思いやってあげられなかったことが恥ずかしくてたまらない。

「……ごめんね、先輩」

ぽつりと口から洩《も》れた言葉に、先輩がゆっくりと身を起こして、ぼくの顔を覗《のぞ》き込む。

「なんだよ。なんで謝る？」

「……心配かけたから。昨夜はちゃんと謝ってなかった。ごめんなさい」

先輩は少し困った顔を見せてから、やさしく微笑《ほほえ》んだ。

「俺もごめんな。――最近、イラついてたかもしれないな」

いったん互いに言葉にだしてしまえば、こんなに簡単に仲直りできることなのに、それがとても難しいことがあって、タイミングを逃してしまいがちになる。だけど……先輩のそばにずっといたいから。

先輩は微笑んだまま、再びぼくを抱きしめてくる。首すじに吐息を吹きかけながら、「もう一回だけ」と囁く先輩に、ぼくは小さく頷《うなず》いた。

まどろみから目覚めたあと、窓からこぼれる光を目にした。ぼくに腕まくらをしたまま、まだ先輩が寝ているものだから、しばらくじっとしていたが、外はいい天気みたいだった。お日様がもったいない。布団のなかでうずうずしていたけれども、時計の針が十時過ぎを指しているのを見て、いま起きなければならないと決意した。腕のなかから逃れると、先輩が「ん……」と瞬《まばた》きをくりかえした。

「茅原……?」

「――洗濯日和《びより》です」

いそいそと着替えはじめるぼくを見て、まだ布団のなかで眠るつもりだったらしい先輩は、きょとんとした顔を見せた。

「すごくいい天気ですよ、ほら。先輩も起きて。布団干したり、シーツとか洗うのにちょうどいい」

いまにも布団をはぎそうな勢いのぼくに対して、先輩はだるそうに前髪をかきあげてみせた。

「……相変わらず色気のないやつ……」

「だって梅雨《つゆ》に入っちゃったら、休日がこんな洗濯日和になること少ないかもしれないですよ」

「はいはい」

先輩の気の抜けたような返事を聞いて、ぼくはハッと我に返った。

「あ……先輩は疲れてたら、寝ててもいいです。いつも朝早いんだから。こっちの布団は干すから、そっちの布団で……」

「いいよ。俺も起きるよ」

先輩は苦笑しながら身を起こした。いったん起き上がると、ぼくよりもてきぱきと動いて、早速布団を窓の外に出してくれた。

ぼくはたまっていた洗濯物を洗濯機に放り込んで、スイッチを入れる。終わるのを待っているうちに、部屋の掃除をした。やがて洗濯機が止まったので、窓の外に干していく。エアコンの室外機が置けるだけのスペースのベランダがあるけれども、干すところとしては狭かった。

「終わった……」

昼前にはなんとか全部干すことができて、ぼくはほっと息をつく。先輩のワイシャツをきれいに並べるのに一番苦労した。クリーニングに出したほうが手間もかからないし、それほどの金額でもないはずだが、先輩は家事に関してはぼくよりも几帳面《きちょうめん》で手際がよくて、アイロンがけなども完璧《かんぺき》にやってしまう。きっと凝り性なんだと思う。

ぼくが洗濯物を片付けているあいだに、先輩が食事の用意をしてくれた。洗濯も掃除もひと段落ついて、昼過ぎにようやく食べ始める。開け放した窓から、青空の匂《にお》いのする風が入り込んでいた。洗濯したワイシャツがひらひらと揺れているのを見ながら、日なたで食べるごはんは美味《おい》しかった。

この部屋は眩《まぶ》しいほどに日当たりがよい。しかし、広い間取りのわりには洗濯物を干すスペースが狭いので、もう少しなんとかならないだろうか。学生のうちはまだこまめに洗濯できても、ぼくも社会人になったら、ほんとうに休みの日しか洗濯できないだろうし……。

窓の外でひるがえるワイシャツを眺めながら、先輩も同じことを考えていたのかもしれない。唐突にしゃべりだした。

「――引っ越しとか、考える？　いますぐじゃないけど、茅原も勤めるようになったら……」

「勤めるとこがあれば、ですけど」

いきなり現実に引き戻されながら、ぼくは呟《つぶや》いた。先輩はなだめるような笑いを見せる。

「大丈夫だよ。焦るなっていっても、無理だろうけど……そうだな、引っ越しの話は、茅原

の就職の件が落ち着いてからだな」

あたりまえのように先を考えてくれる先輩の言葉がうれしい。先輩のそばには、いつもぼくの場所がある？　ぼくひとりが心配してあたふたしているだけ？

でも——先輩はぼくと別れることを一度も考えたことはないんだろうか。

ふっと浮かんだ疑問をあわてて打ち消す。いやいや、縁起でもない。心のなかでかぶりを振りながら、それでも不思議な感覚は拭《ぬぐ》えなかった。

先輩が思い描く未来には、ぼくが自然に存在しているのだろうか。

「次はどんな部屋がいいかな」

呑気《のんき》に部屋のなかを見回す先輩を前にして、ぼくは疑心暗鬼にかられながらたずねる。

「あの……俺も……一緒ですよね？」

「あたまりまえだろ。さっきからなにを聞いてるんだよ。おまえの就職が落ち着いてからだっていってるのに」

もしかしたら別れてしまうんだろうか——と考えていた翌日に、こんなことをさらりといわれてしまうから参るのだ。先輩の隣にぼくの居場所があることを確認できて、胸がほんのりと日なたみたいにあたたかくなる。

「一人暮らししたい？　茅原はまだ経験ないもんな」

「いえ……そうじゃないけど……」

大学に入ると同時に、先輩と暮らしはじめてしまったから、たしかに一人暮らしに対する憧れは少しだけある。でも、高校を卒業するときには、とにかく先輩のそばにいることしか考えられなくて、「一緒に暮らそうか」という提案に飛びついてしまった。

この部屋はそれぞれが個室をもてるような間取りではないから、三日前のようにつまらないことで喧嘩《けんか》をしたときには、どうして個人の空間がないのだろうと悔やんだこともあった。それに、最初は一緒の部屋で眠ることに緊張したことすらあったっけ。先輩がいるだけでドキドキして眠れなかった。いまではもう慣れてしまったけど。

「先輩は……どうしてこの部屋を選んだんですか？」

四年目にして、いまさらながらだけど首をかしげる。ダイニングキッチン付きの和室の二間。先輩も上京した当時は、学生らしいワンルームマンションに住んでいた。実家の部屋も洋室だ。先輩が「大学に近いから」といって探し出してきたこの和室のアパートに、ぼくはなにも考えないまま引っ越してきたけど……。

「どうして？」

「いや……たしかに広いし、畳の部屋ってごろ寝できて気持ちいいけど……先輩は個室がほしくないのかなあって」

「個室、欲しい？　次はそういう部屋にする？」

ぼくの要望をできるだけきくといったスタンスながらも、先輩はどこか浮かない顔だ。

「先輩は個室欲しくないんですか？」

「いや……たしかに勤めはじめると、スーツとかも置き場所をとるからさ。クロゼットとか欲しいし、個室のある間取りもいいなと思うけど」

だけど、もしも個室があったら、三日前みたいな喧嘩をしたときにはそれぞれの部屋に引きこもって、仲直りのタイミングをはかるのが難しくなるかもしれなかった。先輩もぼくも結構頑固だから。

「……で、でも個室だと……」

いいかけてから、すぐに押し黙る。さすがに「仲直りしにくいから」とはいいにくい。

「なに？」

「いや……毎日一緒に寝れないですよね？」

それは淋しい――と口のなかで呟いてしまってから、こっちのほうがさらに恥ずかしい台詞だと気づく。

てっきり先輩が笑い話にしてくれると期待していたのに、いきなり真顔で見つめ返され、ぼくは焦った。

「そうだな。寝るのは一緒がいいな。ダブルベッド買おうな」

先輩は涼しげな目許を見せて微笑みかけてくる。目が合った途端に、その爽《さわ》やかな笑顔にぼくはクラクラして――。

「な……なんでそんな、イイ顔していうんですか。恥ずかしいことっ」

「ダブルベッドが？　そんなに卑猥《ひわい》なキーワードか？　これ」

「先輩の、その顔つきが卑猥です」

「――ふうん？」

先輩は微笑んだまま顔を近づけてくる。ぼくが「わあっ」と叫んでのけぞると、おかしそうに噴きだして笑いだす。ぼくも「もう……」と睨《にら》みつけながら笑顔になった。先輩とこんなふうに笑いあうのは久しぶりだった。

先輩もおそらく最近ぎくしゃくしていたことを気にしていたのだ。離れた心の距離を埋めようとして、かまってくれているに違いなかった。

「白状しようか。俺が――この部屋を選んだのは、茅原と布団をくっつけて眠りたかったから。個室がなければ、いやでも一緒に寝ることになるだろ？」

冗談なのか、本気なのかわからなくて、ぼくは一瞬返答に困る。

「先輩って、やっぱりムッツリなんですね」

「そうかもな」

先輩は飄々《ひょうひょう》とした顔つきでいいきるけれども、ほんとの理由はなんとなくわかる。

高校のとき、先輩はぼくの部屋が居心地がいいといって毎日のように立ち寄っていた。たわいもないことを話したり、ゲームをしたり、勉強をしたり……たぶん先輩は、卒業して一年離れているあいだに、またあのときの空気が味わいたくて、いつでも互いの顔が見えるような間取りの部屋を探してきたのだ。

ぼくも同じだった。個室もいいけど、いつも先輩の顔が見えるほうがいい。

「茅原……いい天気だから、散歩をかねて買い物に出かけようか」

先輩が頬杖《ほおづえ》をつきながら窓の外の陽光に目を細めた。


川原を散歩すると、晴天だけに歩いているひとやジョギングをしているひとを多く見かけた。水面《みなも》がきらきらと光を反射して眩しい。ぼくと先輩はのんびりとした足取りで、緑のにおいのする空気を満喫しながら近くのホームセンターに辿り着いた。

洗剤やティッシュペーパーなどのかさばる雑貨品を買いながら、敷地内をぶらぶらする。

園芸ショップの前で、色とりどりの花が咲いている鉢植えの苗を見て足を止めた。いまの部屋では無理だが、引っ越したところに広いベランダがあったら、綺麗《きれい》な鉢植えの花を置いてみたかった。先輩のワイシャツを干せる場所も欲しいし——もちろんぼくも就職できたら、その必要があるし……。

「茅原じゃないか」

ぼんやりと頭のなかに新居の間取りを思い描いていたら、真島《まじま》さんに声をかけられた。先輩と同じ大学に進んだ真島さんは、いまも住んでいる場所が近くだ。先輩とはずっと一番の仲良しだったりする。就職を機に、通勤の便利なところに引っ越すといっていたけれども、まだ実行に移せないでいるらしい。

「真島さん、買い物ですか？」

「うん。ここ雑貨類、安いからな。旦那は？　一緒だろ？　どこ？」

「……先輩なら、たぶん工具類か、板の売り場を見てます」

ぼくは首すじに熱を感じながら、真島さんを睨みつけた。

「真島さん、普通に『旦那』っていうの、やめてもらえません？」

「なんで？　いいじゃん。だって、おまえらの関係、他になんていうのよ？　俺が坂江《さかえ》に茅原のこと、『奥さん』っていっても、あいつ平然としてるぞ」

「え……そ、そうなんですか」

本人が知らないあいだに、いつのまにそんな嬉《うれ》しい公認の仲に——？　いや、待て。ぼくは男だし、『奥さん』って呼ばれて喜んでいる場合ではない。違和感のほうが大きい。

ぼくにしてみれば、何年たっても、やはり先輩は「先輩」というイメージが強い。呼び方を変えようとしてみたことが何度もあるけれども、「先輩」が一番しっくりくる。時折、「俊一《しゅんいち》さん」と呼んでみても、先輩のほうが照れた顔を見せて返事をしないので、結局元に戻っている。

ああいうところは、先輩もかわいい……。

「おまえらって、ほんとにいつ見てもラブラブで気持ち悪いな」

気がつくと、真島さんがうんざりしたように宙を仰いでいた。

「え？　な、なんで……」

「ばーか。鏡見てみろよ。にやけてるぞ」

ぼくはハッと口許を押さえる。真島さんはためいきをついて嘆いた。

「うらやましいね。俺なんか、いつもひとりだっていうのに」

「真島さんはモテるじゃないですか」

「でも、長く続かないんだよなあ」

うらやましいといわれても、ぼくと先輩だって、年がら年中仲良しなわけでもない。三日前、喧嘩して仲直りしたばかりだし、最近はずっと倦怠期《けんたいき》だろうかと思っていたくらいだし
――つまらないことでいいあうことも多い。

だけど、先輩は不機嫌そうにしたり、怒ることはあっても、決してぼくから目をそむけたりしない。いつもぼくを見てくれている。だからぼくもつい甘えてしまって、キレてしまうことがある。つまらない意地を張って――でも、先輩も負けないくらい意固地にぼくのことを待っていてくれるから。

「――真島？」

やがて園芸ショップの前にやってきた先輩は、真島さんの姿を見つけると、しかめっ面《つら》になった。

「真島、おまえも買い物？　偶然だな」

「うん。いい天気なんで、かさばるものを買っておこうかと。そっちも同じみたいだな――なんだよ、俺に会って、そんな嫌な顔見せるなよ」

「そんなことないだろ。俺は元々こういう顔だ」

先輩は相好《そうごう》を崩した。ぼくとの関係は、すでに高校のときに先輩の口から真島さんに伝わっている。なんで――と当時は思ったけれども、先輩にとってはそれだけ信用できる相手なのだろう。

しばらく立ち話をしてから、「みんなで夕飯を一緒に食べよう」ということになった。真島さんは「まだ買い物があるから、まっててくれ」と再びホームセンターに入っていった。

あらためて鉢植えの苗を眺めるぼくの背後に、先輩が首をかしげながら立つ。

「そういうの欲しいのか？」

「うん……でも、いまのアパートじゃ、ベランダに置くスペースもないから」

「室内に置くのは？」

「部屋のなかに緑が欲しいっていうより、こういう花が日の光を浴びてる感じがいいじゃないですか。もう少し広いベランダがあれば、プランターとか置けるけど……一番はやっぱり庭があればいいですよね」

先輩は難しそうな顔をして考え込んだ。

「ひょっとして、庭付き一戸建てが欲しいって、ねだられてる？」

「そんなこと、いってないじゃないですかっ」

ぼくが仰天して叫ぶと、先輩は声をたてて笑ってから、胸をなでおろした。

「よかった。就職したばかりなのに、そんなこといわれたら、どうしようかと思った。金のかかるやつだなあって」

「また、ふざけたことばかりいって」

胸の鼓動が早くなる。冗談だとわかっていても、頭のなかが熱くなってしまう。心臓に悪すぎるやりとりだから。

ぼくの反応を見越したのか、先輩はふっと笑いながら耳もとに囁く。

「犬も飼えるようにしなきゃいけないしな」

「……もう」

ぼくはさすがに眉《まゆ》をひそめて、先輩を睨む。一言一言に、胸を高鳴らせているのが馬鹿らしくなってきた。

「先輩って、ほんとにいつも冗談ばっかりで……本音が見えないですよ」

「なんで冗談って決めつける？」

涼しげな笑顔で切り返されると、なにもいえなくなってしまう。

どうして先輩はそうやって軽やかに前を向いていられるのだろう。なにも不安にならないのだろうか。ぼくとつきあっていることに？

思えば、先輩がぼくとつきあうことに関して、迷っている姿を見たことがない。男同士の関係にとまどったことは？　高校を卒業するときに遠距離になるからぼくと別れることを考えたことは？

最初は先輩もぼくに対する気持ちを量りかねていたようなことをいっていたけれども、「好きだ」と告げてくれたときから、先輩は見事なほどぼくを不安にさせる態度をとらないのだ。いつもぼくが勝手にひとりで心配して、悩んでいるだけ。

先輩だっていろいろ考えないはずはないのに、そういった顔は一度も見せてもらえないままで——かなわないなと思いつつ、ぼくは前に進んでいく先輩のあとを必死になって追いかけている。

「先輩は……俺とつきあって、後悔したことないんですか？」

思わず問いかけが口から洩れた。

「後悔？」

「あ……いや、なんでもないです」

わざわざ平穏な空気に波風をたてることもない。これを機に、先輩が「なんで俺、こいつとつきあってるんだ？」と疑問を抱いて悩み始めたらどうする？

「――後悔するとかしないとか、考えたこともないな。ただ……」

先輩はそこで言葉を呑《の》み込んでしまった。代わりにやさしい眼差《まなざ》しをぼくに向ける。

「茅原は後悔してるのか？」

「まさか。俺はしたことないけど……先輩は、その――高校を卒業して、こっちに出てきたときに俺と一年離れてたし……そういうときに、他の誰かとどうにかなる可能性はなかったのかな、とか……」

段々声がしぼんできてしまった。もしかしたら、ぼくが高校を卒業するまでの一年間――知らないだけで、先輩にもそういう可能性のある相手はいたかもしれない。そう考えるだけで鬱《うつ》になってしまう。

「そうだな、誘惑は多かったかな」

先輩がとぼけた口をきくので、ぼくはショックを受けながらうつむいた。

「そ、そうでしょうね……」

……聞かなきゃよかった。なんでいまさら、こんなことを気にしてるんだ。

先輩は軽く息をついて笑った。

「でも、ふらふらしそうになったときに、頭のなかで『先輩』って茅原の呼ぶ声が聞こえてくるんだ。高校のときみたいに、おまえがいつも自転車で後ろを走ってるような気がする。ここでふらついたら、もう振り返ったときに、おまえの姿は見えない——『先輩』って、もう呼んでもらえないんだなって考えると、淋しくなった」

思わぬことをいわれて、ぼくは「え——」と顔を上げる。先輩がそんなことを考えていたなんて、初めて聞いた。

「だから、ほかのものに目を向けるひまなんて、あまりなかったよ」

先輩は時々饒舌《じょうぜつ》になるからタチが悪い。その言葉は、軽やかな風みたいにぼくの気持ちをふわりと高いところまで運んでいく。

先輩が卒業して、離れている一年の間、ぼくは悪いことは想像しないようにしていた。なんだかんだいって、自分の受験のことばかり考えて、高校最後の一年はあっというまに過ぎてしまった。

先輩が卒業するときのほうが、いろいろ考えてつらかった。前を走る背中がもういなくなってしまうんだって——卒業して、もしかしたらそれきりになってしまうかもしれないって。先輩が自由登校になって学校にこなくなって、ひとりで自転車を走らせて学校に通った日々を思いだす。あの頃は、いまみたいに先輩の隣にいられることが想像できなかった。不安ばかり抱えていた当時のぼくに、「大丈夫だよ」と伝えられるものなら伝えたい。

先輩はいまもぼくの隣にいてくれて——そして、これからもきっと……。

「先輩……ベランダの広いところにはそのうちに引っ越しましょうね。俺も就職がんばるし」

ぼくが決意を込めて告げると、先輩は「はいはい」と唇の端を上げて笑った。

「――頑張れ」

その一言で、ぼくはなんだってできる気がする。だって先輩に早く追いつかないと――走り続けないと、前を行く先輩といつまでたっても並んで歩けないから。

「そんなに花、育てたいの？　広いベランダが欲しい？　その一鉢だけ、買ったらどうだ。窓ぎわにおいておけばいいだろ」

ずっと眺めていたから、先輩はぼくがその苗に執着していると思い込んだらしい。

「いいです。花を育てたいのもあるけど、俺が広いベランダ欲しいっていってる最大の理由は、洗濯物ですよ。さっき干したとき、大変だったでしょ。もうちょっと場所が欲しいなあって」

ぼくが力説すると、先輩はなるほどと頷いた。先輩も量が多くて干しにくいと思っていたのだろう。

「ワイシャツ、クリーニングに出せばいいのに。絶対にプロにまかせたほうが上手ですよ」

「そうかな。俺のやりかたのほうが、身体《からだ》にフィットするパリッとした感じがでるんだよな」

「プロに勝ってるんですか？　先輩のアイロンがけ」

「好みの問題なんだよな。上手《うま》い下手じゃない」

……頑固なんだから。ぼくはそっと口のなかで呟いてから、唇をほころばせた。

こんなふうに頑固な先輩だからこそ、高校の頃から変わらずにぼくと一緒にいてくれるのかもしれないなと思う。

先輩が前しか向いていないから、ぼくも立ち止まってぐるぐると考えていても、結局、同じ方向を見ないわけにはいかなくなるのだ。すると、そこには必ず明るい陽《ひ》の光と青空があって――先輩の背中がある。

広いベランダのある部屋に引っ越したあと、日なたのにおいのする空気のなかを、白いワイシャツがひらひらとはためいているところを頭のなかで想像した。清々《すがすが》しい風が吹いたみたいに、ぼくは目をつむる。

「なんで笑ってるの？」

先輩に指摘されて、ハッと口許を押さえる。

「……いや、笑ってないけど。俺、そんなにいつも締まりのない顔してますか？　よくいわれるけど……さっき、真島さんにも指摘されたんですよ。にやけてるって」

「いいんじゃないのか。幸せそうで――怒ったり、泣いたりしてるよりは全然いいから、茅原がにやけてて多少気持ち悪くても、俺は我慢するよ」

「先輩、一言多い」

小憎らしくなったけれども、先輩が愉快そうに笑っているので、ぼくも「まあ、いいか」と微笑んだ。

「……先輩。まずは広いベランダだけでもいいけど、その次はやっぱり犬を飼えるところに行きましょう。茶色い大きな犬がいいな。高校の頃、先輩と見に行った犬がいるでしょ」

先輩が残りのパンを庭に投げ入れたら、のそのそと犬小屋に隠れていた犬が出てきた光景を思い出した。

「ああいうかわいいやつ、一緒に飼いましょうね」

ぼくが念を押すと、先輩は先ほど自分から「犬も飼えるようにしなきゃな」といったくせに、照れたように視線を落として「いいよ」と小さく頷いた。

卒業

夕映えの空を背景にしている冬服のブレザーの背中はどこか遠い。目の前を走る先輩の後ろ姿に目を細めていると、あっという間に周りの風景が視界の隅にちぎれるように飛んでいく。

出会ってから二度目の季節は瞬《また》く間に過ぎていって、ぼくの気持ちは夕暮れを映したように黄昏《たそが》れている。

「――茅原《かやはら》」

先輩はぼくの家のそばの交差点までくると、いったん自転車を止めて振り返った。

出会ってから一年と数か月が過ぎた。先輩は三年生、年が明ければ入試が控えている。

去年は毎日のようにぼくの家に寄っていたのに、いまはそういうわけにもいかない。こうして学校の行き帰りに自転車で一緒に走ることが、ぼくにとっては貴重な先輩と過ごせる時間となっている。たまに参考書を探すために本屋に寄ったりすることがあれば大喜びでついていくけれど、どこにも寄らなければ、まっすぐ家に帰るしかない。

だから別れ際、ぼくはついつい先輩の顔をじっと見てしまう。

先輩、今日は本屋に寄る用事はないですか？　もしくは、久しぶりに、少しうちに寄っていきませんか？

毎日会って、どうでもいいことは話しているけれども、最近ゆっくりと先輩と向き合った記憶がない。勉強があるから当然と思っていたのに――受験がいよいよ近づいてきたいまの時期になって、ぼくはおかしい。

「茅原、どうした？」

先輩はわずかに困った笑みを見せた。近頃、よくこういう表情を目にする。以前みたいにぼくと一緒にいるのが楽しくてしようがない雰囲気ではなくて、なにかを憂慮しているような微笑《ほほえ》み。

「せ……先輩、今日、俺のうちに寄っていきませんか？　久しぶりだし」

勢い込んで誘ったぼくに、先輩はすまなさそうに眉根《まゆね》を寄せた。

「今日？　今日は無理かな。ごめん」

「――い、いえ……いいんです。ちょっと数学でわからないとこがあって、教えてもらえたらいいなって思っただけなんで」

あっさりと玉砕してしまって、気まずくならないために、ぼくはとっさに笑みをつくる。

もっと他にいいようがあるだろうに。勉強を教えてもらいたいわけじゃない。ぼくはただ先輩とふたりきりで話したいだけ。

「――今度、教えるよ。今日は駄目だけど、茅原は土曜日は時間ある？　予備校が終わったら、帰りに寄るよ。夕方になるけど」

「あ……いいです。貴重な休みを——先輩は自分の勉強しないと」

「予備校でしっかりやるから大丈夫だよ」

「いや、そんな勿体《もったい》ないから。時間は一秒でも大切にしてください」

先輩はぼくの言葉を遮って、頭を軽く叩《たた》く。「なにするんですか」と見上げると、どこかせつなげな笑いにぶつかった。

「もっと我儘《わがまま》いってくれてもいいよ。たしかにいまは全部聞いてやれないけど、いうだけはタダだからな。いっといたほうがいい」

どうしてなんだろう？　強がっても、全部お見通し。ぼくが頭のなかでグルグルと考えて解決のつかないことを、先輩はいとも簡単にすくって解いてしまう。

「いや……でも……」

先輩はこれ以上の反論を認めないとばかりに、ぼくの髪の毛をくしゃくしゃに乱す。シャンプーでもしているような豪快な手つきに、ぼくは「ひいっ」と悲鳴をあげた。

「行くよ。土曜日。わかったな」

「や……やめてくださいよ、いつもいつも、頭ぐしゃぐしゃにして」

「気にするような頭じゃないだろ」

「これでも年頃だから、気にしてるんですよ」

「そりゃ悪いことしたな。……土曜日、行くよ。返事は？」

「は……はい。お願いします」

ようやく素直に答えると、先輩は「よし」と頷《うなず》いてから、ふと目を細めてぼくを見る。

「――ごめんな」

やさしくなくて、ごめん？　かまってやれなくて、ごめん？

先輩にそんなことをいわれたら、いくらいうだけはタダだといわれても、我儘なんていえるわけもない。

先輩にだけは我儘をいいたいような――でも、一番いってはいけないような――その狭間《はざま》で、ぼくはいつもゆらゆらと揺れている。

「じゃあ、土曜日な。今日はこれで……」

先に行ってくれればいいのに、先輩は動こうとしない。この別れ道の交差点で止まるとき、いつもぼくを見送ってから走りだすのだ。

「さよなら。また明日」

ぼくは自転車のペダルを踏んで走り出す。しばらくしてから後ろを振り返ると、先輩はまだ自転車を止めてぼくを見ていた。遠目にも笑いかけてくれているのがわかる。

つまらないことをいいあって別れたときでも、先輩は決して顔をそむけて帰ったりしない。いつも最後にはこうしてちゃんと見送ってくれる……。

わけもなく込み上げてくるものを堪《こら》えて、ぼくは唇をきつく引き結ぶ。自転車で切る風が、やけに目に染みて、瞬《まばた》きをくりかえした。

ハンドルを握る手は、去年のクリスマスに先輩がくれた手袋につつまれている。あたたかいはずなのに、どこからともなく冷たい気配に全身を覆われていく気がする。

先輩は受験生なんだから、以前のように一緒にいられないのは仕方ない。受験が終わるまでの辛抱だ。そう自分にいいきかせるたびに、わきあがってくる疑問符。

坂道を駆け下りるときのふわりとした爽快感が、さっと落下する恐怖に変わる。

だけど、受験が終わったら——？

次の春には、先輩は卒業だ。


先輩が先に卒業してしまうのはあたりまえのことだから、自分でもわかっているつもりだった。

先輩は東京の大学が第一志望で、卒業したら地元を離れてしまう。当然だと受け止めていたから、先輩が三年になって受験のことを口にしはじめても、当初は「頑張ってください」という考えしか浮かばなかった。

自分が三年になったときのことを考えると、ぼくもいまから少しでも努力したほうがいいのかもしれないと机に向かう時間を増やしたりもした。先輩が頑張っている姿を見て、いい方向に影響されているみたいでうれしくなった。

だけど——いつからだろう。先輩が同級生の友達と学校見学に行った話を聞いたりするたびに、少しずつ胸が苦しくなることに気づいたのは。

先輩が将来のことを楽しそうに話しているのに、どうしてそんな気持ちになってしまうのか。

見学した学校の様子をあれこれと話してくれる先輩——でも、先輩が来年過ごすであろうその風景のなかに、ぼくは存在しない。先輩が新しいひとたちと出会って、いろいろ刺激を受けているあいだ、ぼくは変わらずにいつもの坂道を自転車で駆け登っているのだ。

ぼくだって永遠に制服を着ているわけではない。たった一年の差——それだけの距離が、いまはひどく遠い。

「茅原、また坂江《さかえ》を待ってるの？」

放課後、自転車置き場のところで、真島《まじま》さんに声をかけられた。

「あ……はい」

「いつもいつも仲いいねえ」

真島さんの声はなにやら含みがあるように聞こえて、もしかしたら先輩との仲を勘付かれているのではないかといつも警戒してしまう。

先輩の元彼女ともつながりのあるひとなので、反射的にそのことも思い出してしまうから、愉快ではなかった。もうさすがに彼女が先輩のことを想っているとは考えたくないけど。

真島さんは「あーあ」とためいきをついた。

「もうすぐクリスマスだねえ。今年はその先の受験のこと考えちゃって憂鬱《ゆううつ》だよ。去年は結構みんなでわいわいやって、楽しかったのになあ。――あ、茅原も誘ったけど、結局こなかったよな」

「あ……すいません。たしかクラスのやつと約束して……」

「ふうん。坂江もこなかったんだよね」

さりげない一言に、ドキリとする。

去年のクリスマスは先輩と過ごした。今年はさすがに期待しないつもりだったが、去年とは違って、先輩のほうから早い時期に「会おうよ」と誘ってきた。今年は受験だから、さすがに家族は出かけないといっているらしいけれど……。

真島さんは再度ためいきをついて嘆く。

「今年は騒ごうって気分にもならないかな。この前、みんなで集まったときも、受験の話ばっかりだったしな」

「みんな？」

「うん、けっこう真面目な話しちゃったよ。これもあと数か月たてば、解放されるとわかっててても、つらいねえ」

その集まりには、先輩も一緒だったのだろうか。真島さんがぼくにわざわざ話すってことは、先輩を含めた「みんな」なのだろう。じゃあ、彼女は——？

「先輩の……元彼女さんもきてました……？」

「茅原はずいぶんと彼女のこと、気にするね。前から、俺にそんなことばかり聞いてない？」

「あ……いや、べつに意味は……」

焦ったが、ありがたいことに真島さんは深く追求することもなかった。

「——彼女、転校しちゃったんだよ。東京に引っ越しちゃってね」

一瞬、耳を疑った。え……と突然のことに、驚く声すらでなくて息を呑《の》む。

「大変だよね。この時期に——家の事情らしいけど。なんでも家の事業が失敗して、前々から折り合いの悪かった両親がそれを機に離婚したんだって。母親の実家が都内らしいから、彼女を連れていったらしいよ。事情が事情だけに、彼女は周囲になにもいわずに突然いなくなっちゃったんだけどね。それで向こうの生活がちょっと落ちついてから、ようやく仲のいい女の子に連絡があった感じ。この前、こっちに遊びにくるっていうから、久々にみんなで集まって――」

ぼくはよほど蒼白《そうはく》な顔をしていたらしい。話の途中で、真島さんが心配そうに「茅原?」と声をかけた。ハッと我に返る。、

「そ、そうなんですか……びっくりして。先輩はなにもいってなかったから」

先輩は以前、ぼくが彼女のことをとても気にしていたのを知っている。だから、やましいことがなくても、みんなで会ったことも話さないのだろう。

彼女は転校してしまった。真島さんのいうように、この時期に大変なことに違いなかった。先輩も――彼女を心配した? あたりまえだ。真島さんたちと同じように心配したに決まっている。中学のときからの仲間なんだから……それ以上の意味はない。

「あいつはよけいなこと、しゃべらないからねえ。まあ、もう坂江と彼女がどうにかなるってことはないよ」

わざわざぼくのために付け加えられたような一言に、やはりこのひとは勘付いているんじゃないかとあらためて思った。

先輩と過ごす二度目のクリスマス・イブが巡ってきた。先輩はひとりでゆっくりと受験勉強したいとかという名目で、例年どおりに家族を親戚の家に遊びにいくようにすすめて追い出したらしい。ぼくが訪ねたときにはもう家族は留守にしていた。

静まり返った家のなかに足を踏み入れるのに躊躇《ちゅうちょ》してしまう。玄関をあがったところで、ぼくはきょろきょろと周囲を見回した。なんとなく心細い。

「茅原？　どうした？」

「あ……いえ」

あんなに先輩とふたりきりになりたかったのに——足が震えてしまうのはどうしてだろう。

登下校は一緒とはいえ、先輩とこんなふうにふたりきりでゆっくりと過ごすのは久しぶりで、ぼくは向き合うだけで緊張して、話したいことがいっぱいあったはずなのに、満足に言葉にならなかった。

先輩はすぐにぼくの様子に気づいたらしい。ふたりで並んでキッチンに立って夕食の用意をしているときに、肘《ひじ》でつつかれた。

「どうしたんだよ、今日は無口なんだな」

「——久しぶり、だから」

それしか言葉がでなかった。先輩は察してくれたのか、「そっか」と呟《つぶや》いただけで、調理の手を止めなかった。しばらくして、ふいにぼくの腰を引き寄せると、額《ひたい》に軽くキスをする。

ぼくは真っ赤になって目を伏せた。「なにするんですか」ということもできなかったが、先輩も今日に限っては揶揄《やゆ》することもなく、もう一度やさしくぼくの額に唇を押し当てた。

目が合うと、やさしく微笑んでくれる。うれしいけれども、胸が詰まった。

だって、切なくなるくらいやさしすぎる……。

去年のクリスマスとは違い、甘いだけではなくて、少し不思議な雰囲気だった。どうしてぼくはなにもいえないんだろう。先輩はすべてわかっているみたいにやさしくキスしてくれるんだろう。頭のなかでつまらないことを考えている。去年も今年も、クリスマスは一緒に過ごした。じゃあ、来年は……？

食事をしているあいだにも、ぼくの胸の底には重苦しいものがたまっていった。

「——はい、先輩」

今年は忘れずに買ってきたケーキを食べたあと、用意してきたプレゼントを先輩に手渡した。昨年はもらいっぱなしだったから、いったいどんなものをあげようかと悩んだけれども、結局好みの合いそうな小物にした。

「いいっていったのに」

先輩は驚いた顔を見せながら包みを開いた。

「キーホルダー？」

「……春から、先輩が一人暮らししたとき、部屋の鍵《かぎ》でもつけてもらえたらいいなと思って」

「ずいぶん気が早いんだな。こっちに残って、浪人してるかもしれないのに」

先輩は愉快そうにキーホルダーを手にする。なんだかんだいいつつも、うれしそうな表情だった。

「――ありがとう。じゃあ、ちゃんと四月からこれを使えるようにしなきゃな」

「そうですよ。新しい部屋の鍵じゃなきゃ、つけちゃいけません」

ほんとは春なんてきてほしくないのに。ぼくはそれを待ちわびているような顔を見せる。新しい鍵をつけるキーホルダーなんて選んで贈るのは、自虐的としか思えない。だけど、ぼくは誰よりも先輩の合格を祈らなきゃいけないから……。

「じゃあ、俺からも」

先輩から渡された小さな箱の包みを開いて、ぼくは目を瞠《みは》る。シンプルで、洒落《しゃれ》たデザインの腕時計だった。腕にはめてみるとしっくりときて、付け心地のよさからも上物だとわかる。

「……これ、高くありませんか？」

無粋だと思いつつ、おそるおそるたずねると、先輩はさらりと「うん、奮発した」と答えた。ぼくはあわてて時計を外そうとした。

「え……こんなにいいもの、もらったら……」

「嘘《うそ》だよ。俺に買える範囲のものだよ。ほんとは、ペアリングとか、ブレスレットとか、そういうものを考えてたんだけど」

ペアリング——と聞いて、不覚にも胸が高鳴る。女の子じゃあるまいし、先輩からそういうものを贈ってほしいという発想はなかったけれども……。

「でも、茅原のイメージじゃないからさ、やめた」

あっさりといわれてしまって、軽く凹《へこ》む。先輩はおかしそうに笑った。

「いつも身につけてもらえそうなものが良かったんだ。ペアリングやブレスレットをしてる茅原が思い浮かばなくて、その時計なら、毎日腕にはめてくれてるところが想像できたから」

先輩がいろいろ考えてくれていたことがわかって、ぼくは恥ずかしくなった。ペアリングなんかじゃなくても、先輩のくれるものなら、なんでもうれしいはずなのに。

「ペアリングのほうがよかった？」

「い、いえ……大切に、します」

やさしく目を細めてぼくを見つめていた先輩が、ふっと遠くに思いを馳《は》せるような顔をした。返答に一拍間があく。

「使ってくれれば、うれしいよ」

身につけて――というのは、自分はもうそばにいなくなるから……？　その前提でなにもかも話が進んでいるのだろうか。なにをいまさら――ぼくだって、先輩が地元を離れることを想定して、キーホルダーを渡したくせに？

せっかくの楽しい時間をつぶしてはいけないと思っても、心のなかが湿っぽくなるのはどうしようもなかった。

「わかりました。先輩だと思って、いつも身につけてますから」

「なんだよ。まるでひとを死んだように扱うな」

「だって、身につけてほしいからって」

先輩は再び遠くを見るような目をして、苦笑した。

「そうだな。……俺だと思ってくれればいい」

はい、と頷きながら、ぼくの胸はズキリと痛む。

こんな会話、ほんとは交わしたくない。わかりきっていることだから――先輩、ぼくはほんとは春になるまで、こんなことは一言も話したくないんです。

「先輩……俺……」

「――なに？」

やさしく問い返されて、ぼくは「いいえ」とかぶりを振るしかなかった。真島さんから聞かされた彼女の話も気になっていたが、結局口にはできない。

彼女がすでに東京に――先輩が新しく住む場所にいることも気にならなかったといったら、嘘になる。でも、そんなことを心配していたら、きりがない。彼女ではなくても、先輩はこれからぼくの知らない場所で、ぼくの知らないひとにたくさん出会うんだし、いちいち嫉妬《しっと》できるわけもなかった。

訴えてもしようがないこと――受験を控えている先輩につまらないことをいって、困らせるべきじゃない。とにかくいまは先輩が合格するように応援するだけ。

「なんでもない……先輩、受験頑張ってくださいね。腕時計、ありがとうございます。俺……ほんとに大事にするから」

「――俺も、キーホルダー大事にするよ」

先輩の笑顔を見ていると、ふっと気がゆるんで泣きそうになってしまう。それをごまかすためにぼくも笑った。

「茅原……」

ふいに抱き寄せられて、息が止まりそうになる。見られる心配がないとわかって、ぼくはようやく顔をゆがめることができた。

年が明けると、いよいよ受験本番という雰囲気になる。

三年生はだんだん登校してくる人数も少なくなってくるし、二月からは完全に自由登校になる。

先輩が学校にこなくなって、久々にひとりで登下校する日々が続いた。先輩からは各大学の試験日程を聞いていたし、たまに電話があったけれども、試験について「手応《てごた》えがあった、なかった」の報告はなかった。

良くても悪くても、先輩はそういうことを話さない。だから、ぼくはひたすら判を押したように「風邪ひいたりして、体調崩さないでくださいね」とくりかえした。

「おまえも風邪ひくなよ」

話していると、結局はぼくの心配をされてしまう。だから少しでも先輩がぼくの態度に引っかかることがないようにことさら明るく振る舞った。

電話口で笑えば笑うほど——胸のなかに同じ量の淋しさがたまっていく。泣くに泣けない。泣くようなことではないとわかっているから。涙の代わりに内側にながれていくそれは、さらさらと音をたてて……口を開けばその音が聞こえてしまうような気がして、ぼくは時折無口になった。

「どうした？　茅原」

「……なんでもありません。先輩、頑張ってくださいね」

先輩と話していないときは、その淋しさが心のなかを流れていく音ばかり聞いていた。毎日ひとりで自転車を走らせながら、先輩がいないのなら電車で通おうかと思ったけれども、そんな気にもなれなかった。

ひとりでも自転車で通わなくてはいけない気がした。先輩からもらった腕時計と手袋がある。先輩は、ぼくがこれを身につけて自転車で走っている姿を想像したに違いないのだ。先輩がいなくなって、ぼくひとりになっても……。

下校時、ぼくは先輩がいつも見送ってくれた交差点を通り過ぎると、思わず後ろを振り返る。そこに先輩の姿はない。それでもぼくは走り続けなきゃいけない。

先輩が卒業しても、ぼくの高校生活はまだ終わらないのだから。

本命の入試が終わったあと、先輩はぼくに会いにきてくれた。学校から家に帰ってきた途端、約束もしていないのに突然あらわれたからびっくりした。

「どうしたんですか？」

玄関先で目を丸くするぼくを、先輩はいきなり有無をいわさず抱きしめる。

「――終わった」

甘えるようにぼくの頬に鼻先をこすりつけて、そのまま体重をかけてくるので、とっさに後ろに倒れそうになった。

「ちょっと先輩……」

先輩のこんな姿は初めて見た。いくらうちの両親が帰ってくるのが遅いとはいえ、玄関で抱きしめるなんて、いままでしたことなかったのに。

その強引な熱を感じたときに、初めて悟った。

先輩はぼくの前で受験に対する不安など一言も洩《も》らさなかったけれども、それなりにやはりプレッシャーがあったのだ。あたりまえだ。感じない人間がいるわけがない。

まだ合否が出る前から先輩がこんな態度をとるのは、本人にはそれなりの手応えがあるからに違いなかった。たぶん大丈夫だろうと安心したから――？

「……せ、先輩、まだ結果でてないのに……」

「でてなくても、とにかく終わった」

先輩は笑いながら、ぼくの耳もとに軽く唇をつける。

「……だ、駄目だって」

「これで茅原となんの心配もせずに会えると思って、飛んできたのに」

ぼくが押しのけようとすると、先輩は拗《す》ねたような顔を見せる。てらいのない言葉に、耳が熱くなった。

「で、でも……ここじゃ」

「――ごめん。調子に乗った」

先輩はぼくをいったん離したが、その眼差《まなざ》しからは抱きしめたくてしようがないような熱が伝わってきた。

「と、とにかく部屋に……」

「ああ」

先輩がうつむいてこぼす笑うしぐさに、洩らす吐息のひとつひとつに、胸が高揚した。階段をのぼりながら、からだがどうしようもなく熱くなる。

部屋に入った途端に、言葉もないままに再び抱きしめられた。キスされただけで、立っていられない状態になることに自分で驚く。もう何度も数え切れないぐらいキスしてるし、抱きあってるのに。

だって、先輩がほんとにうれしそうに……夢中になったように唇を合わせてくるから。

「……先輩……あ」

ベッドにかさなりあうように倒れ込んだ。先輩の唇がぼくの耳から首すじに這《は》った。笑っているような、興奮を必死に堪えているような吐息。

「茅原……」

こんなふうに求められたことはなかった。初めてふれあったときも、最後までしたときにも——先輩は時折、切羽詰まった様子を見せながらも、いつもぼくを気遣って自制するようなところがあったから。

それがすっかりリラックスしきって、まるで子どもが歓喜するみたいにぼくに抱きついてくるなんて……。

「やだ、先輩……いきなり」

ぼくの抗議に、先輩は少し困った笑いを見せたあと、ひそめた息を吐く。

「——したい」

そんなふうにいわれたら、拒もうとしても手に力が入らなくて、されるままになるしかなかった。

「……もう……しようがないなあ、先輩は」

ぼくは息を乱しながら笑った。先輩が激しくぼくの唇を吸ってくるので、そのうちに笑うこともできなくなった。

「あ……や」

先輩はぼくの服を脱がせると、肌にやさしく嚙《か》みついてくる。ぼくは「や……」といいながらも、もう押しのける力もなくて、先輩の首に腕を回す。息も止まりそうなくちづけが落ちてきた。

うれしくてたまらないのに、どうしようもない淋しさも一緒に抱きしめる。

先輩が以前から、ぼくにだけは特別に普段は見せない感情を吐露してくれるのは知っていた。多くを語らなくても、ぼくのそばにいることを楽しんでくれていることも――。そばにいることが、先輩にとって重要な意味をもつと知っているから、ぬくもりを感じれば感じるほど、胸が苦しくなる。

やさしいはずのキスが――痛い。

「茅原……」

こんな不安を抱えているのは、ぼくだけなのだろうか。先輩はぼくを嫌いになったといっているわけではない。卒業を機に別れるともいっていない。でも、これから先、どうやって続いていくのかわからない。

自転車で走りながら季節の風を一緒に感じられなくなっても？　このぬくもりが遠くなってしまっても？

ねえ、先輩――ぼくたちは離れたら、どうなってしまうのかな。

先輩から第一志望に「合格した」と聞かされたのは、卒業式の五日前だった。先輩はわざわざ自転車置き場のところで待っててくれていた。

「いったん学校に合格の報告にきたんだけど——まだ、そのときは授業が終わってなかったから、家に戻って出直してきたんだ」

先輩がなにかいう前から、その顔を見れば結果はわかっていた。先輩のうれしそうな笑顔を見て、ぼくもその瞬間は心から喜ぶことができた。

「おめでとうございます。よかったですね」

「ありがとう」

すでにぼくたちの周囲を取り囲む空気には春のやわらかさとあたたかさが漂っていた。日差しも日毎《ごと》に明るくなっていく。先輩と離れ離れになってしまう——その覚悟を決めたわけでもなかったが、時間の流れに逆らえるわけもない。なにもかもが新しく生まれ変わるような季節に、ぼくひとりが暗い顔を見せて、前へ進もうとする先輩を引き戻すような真似ができるはずもなかった。

「わざわざ学校にこなくても……このあいだみたいに、うちに直接きてくれればよかったのに。そのほうが先輩には近いでしょ」

「そうだな。でも、茅原と学校から帰りたかったからさ」

もう最後——だから？

口をついて出そうになる言葉をあわてて呑み込み、ぼくは笑顔になる。危ない。危ない。

先輩が合格して喜んでいるときに、なにをいうつもりなんだ。

「帰るか」

先輩に声をかけられて、ぼくはあわてて自転車に飛び乗る。走りだすと、夕方にもかかわらず、からだをなでていく風がやさしいことを実感した。もう春なのだ。

ふたりで自転車で走る帰り道――前を走る先輩はぐんぐんとスピードをあげていく。ずっと見つめ続けてきた先輩の背中も、これで見納めかもしれなかった。

坂道を駆け下りる際、夏のなつかしい光のかけらが頭の片隅をかすめていく。怖いくらい澄んだ青い空と、目に痛いほどくっきりとした緑。風を切って走る爽快感とともに記憶に刻まれた、夏服の白――。

この背中を必死で追いかけたことがあった。コンビニで会って、名前も知らないころから、ぼくは先輩に夢中だった。つい昨日《きのう》のことのように感じられるのに、夢みたいに遠い。思い出が写真をばらまいたみたいに散らばっていく。

あまりにも鮮やかで、いつまでも色あせないから、つい叶《かな》わないことを願ってしまう。こうしてずっと先輩の背中を一番近くで見ていたい、と……。

いつもの別れ道の交差点のところで、先輩が自転車を止めて振り返った。ぼくはあわててブレーキをかける。

「先輩？　俺の家に寄るでしょ？」

「いや……今日はほんとに『合格した』ってことを伝えたかっただけだから。まだ親父とかに直接報告してないし」

え——という声を呑み込んだ。

今日はもう少し一緒にいられるかと思っていたのに。落胆を気取《けど》られないように笑顔をつくるのが苦しい。

「そうですよね。今夜はみんなで合格祝いですよね。俺も……また今度、ちゃんとお祝いしますから」

「ありがとう。頼むよ」

どうしてこんなに落ち込んでいるのだろう。今夜は家族で祝うのが当たり前じゃないか。

理由がわからないままに、胸が痛かった。

先輩はいつものようにぼくが去るのを待って、見送るつもりらしかった。待たせるわけにもいかないので、ぼくは動揺がおさまらないままに「じゃあ」と手を振ってから自転車を走らせはじめた。そのまま交差点を渡って、しばらくしてから振り返る。

ぼくを見送ってくれる先輩の姿を見るのも、これが最後かもしれない。あと何日、先輩は学校にくる？

四月になれば、先輩の笑顔を毎日見ることはできなくて——。

想像しただけで、心に穴があいた。その暗い穴に足をとられたみたいに、からだの力がふっと抜けた。ペダルから足を踏み外しかけて、ぼくは転倒しそうになった。なんとか堪えたものの、震えながら荒い息をつく。

「――茅原？」

交差点の向こうで見ていた先輩が、大丈夫かと声をかけてきた。

「だ、大丈夫です。転びそうになっただけ」

焦って叫び返したものの、先輩は信号が変わると、すぐさま心配そうにこちらに渡ってきた。

「大丈夫です」と走りださなければならないのに、からだが動かない。早く早く――。

先輩が近づいてくる様子が、コマ送りの映像みたいにゆるやかに見える。いま、先輩を目の前にしたら、ぼくはずっと我慢していたことを口にしてしまいそうだった。

「茅原、どうかしたのか」

唇をきつく引き結んで、しゃべるまいと堪えた。いま言葉を発したら、叫んでしまう。

淋しい、と――。先輩が卒業してしまうのがいやだ、と。

なにもいわなくても、もしかしたら伝わるものがあったのかもしれない。ぼくに向けられる先輩の眼差しが複雑そうに揺れた。

「――家まで送っていくよ」

すべてを察したように、先輩はその一言だけを口にした。やさしく肩を叩かれて、ぼくはその場に崩れ落ちそうになった。

ぼくの部屋に入って、ベッドのそばの床に腰を下ろしながら、先輩は「それで……？」と話すようにうながしてきた。

ぼくは口をつぐんだまま「なんでもないです」というように首を横に振った。先輩は黙って、そばに座ったぼくの顔をしばらく眺めていた。

先輩の視線を感じるだけの時間が流れた。

追及されるわけでもないので、そうやってふたりで向き合っていることにだんだん居心地の悪さを覚えてくる。まるで我慢くらべをしているみたいだった。

「茅原？」

先輩は時折呼びかけては、少しあきれたように笑う。やがて根負けしたように息を吐いたのは先輩のほうだった。

「——頑固だなあ」

つられて、「先輩だって」と呟く。先輩は「そうだな」と笑った。

「でも、合格祝いってことで、今日は俺に譲ってくれないか。なんでそんな顔してるのか、ちゃんと話して」

「…………」

こんないいかたをされたら、黙っているわけにはいかなくなる。ぼくは渋々口を開いた。

「そんな顔って……もともとこんな顔です」

「――俺のせい？」

「なんでもないんです。先輩が気にするようなこと……」

「俺のせいなんだな」

先輩はためいきをつく。厳しく問いただすわけでもなく、自分を責めているような口調だった。ぼくはあわてて言葉を継いだ。

「先輩のせいじゃないです。ただ、今日……てっきり家に寄ってくれて……もう少し話せるかと思ってたから、ちょっと拍子抜けして」

「それだけ？」

先輩は腑《ふ》に落ちない様子だった。

「そうだったな。もっとゆっくり話すべきだったよな。俺も気が急《せ》いてて」

「わかってます。俺がほんとに勝手に思ってただけ。先輩は、なにも気にすることない。……拗ねたことに、いちいち反応しないで」

合格したことでうれしくて頭がいっぱい。それでもぼくに伝えるために会いにきてくれた。だから、足を引っぱるような真似をしちゃいけない。

「今日はおうちで合格祝いとかするんでしょう。ほんとに早く帰ったほうがいいですよ」

「いいよ。俺は茅原のほうが気になる。話したいことがあったら……」

「大丈夫ですよ。ほんとに——俺も、先輩が合格して浮かれたから、もう少し一緒にいたいって考えてただけで」

せっかくいままで我慢してきたのに、一番いい日にそれをぶちまけてしまうわけにはいかなかった。心の底にたまっている、淋しい音——。

「ほんとに？」

ぼくは笑いながら「ほんとです」と先輩を睨《にら》みつけた。笑えば笑うほど、心の内側でそれは増えていくのに。

「今度はゆっくり……俺も合格祝いしますから」

先輩はまだ納得いかない様子だったが、ぼくが「ほら早く」と急かすように立ち上がると、つられたように腰をあげた。

「早く主役が帰らないと……先輩がここにいたら、まるで俺が我儘いってるみたいじゃないですか」

部屋からなかなか出ようとしない先輩の背を、ぼくはおどけて戸口に向かって押す。先輩は戸惑った顔を見せながらも前に進んだ。

手にふれている先輩の背中——そのぬくもりを制服越しに感じとった途端、ぼくは固まった。手を動かそうにも、からだが動かなくなった。息ができなくなる。

いつもいつも、自転車で走って追いかけていた背中——。

背にあてたまま、ぎゅっと拳《こぶし》を握る。そのままでいたら、よけいな声をあげてしまいそうだった。ぼくはゆっくりと先輩の背中に後ろからしがみつくようにして顔を押し当てる。こらえてもこらえても、心の隙間《すきま》からこぼれていくもの。

「……茅原?」

先輩も驚いたらしく固い声で呼びかける。振り返ろうとする動きを拒むように、ぼくはかぶりを振りながら先輩の背中にさらに強く顔を埋《うず》めた。

——もう駄目だ。

「なんで……俺、こんなにみっともないんだろ。……俺は先輩に憧れてて——先輩みたいにかっこよくなりたいのに」

こうして背中に額をあてていると、こらえきれなくて唇がゆがむ。頬を濡《ぬ》らして伝っていくものが、先輩の制服にしみこんでいく。心のなかにあるときはさらさらと涼しげな淋しい音をたてていたのに、外に出た途端にそれは湿って、つめたく、あたたかい涙になる。

先輩はまるでぼくが顔を見られたくないことを知っているみたいに、振り返らずにしばらくじっとしていた。

ずっと我慢していたものが、目からも口からもぼろぼろと落ちていく。

「……俺、ほんとは先輩に卒業してほしくない。先輩が地元を離れて……毎日会えなくなるなんて――考えたくない。ほんとは……不安で……先輩が俺から離れていっちゃうって」

ずっといわないでおこうと思っていたのに――結局、口にだしてしまったことに茫然《ぼうぜん》とした。黙っているのも苦しかったけれども、言葉にだしてしまってもやっぱり苦しいことに変わりはなかった。

「茅原……」

先輩が振り返って、ぼくの肩をそっと抱きしめる。眩暈《めまい》を覚えそうになった。先輩の顔を見るのが怖かった。こんなに甘えたことをいって笑われてしまわないかと――もしくは、あきれられてしまわないかと。

「――初めて聞いたな、それ」

やさしい声だった。てっきり困らせてしまうと思っていたのに、先輩はひどく穏やかに微笑んだ。

「茅原は俺が大学のことを話しても、楽しそうに聞いてくれるだけで、『受験頑張ってください』っていうばかりだから、そんなに不安に思ってるなんて知らなかったよ。我儘は全部きいてやれないけど、いうだけはタダだって、そういったろ？」

「……迷惑――かかるから。先輩が……卒業したら、つきあうのやめようっていったわけでもないのに……俺が気持ちを信じてないみたいで。それに……先輩の一番大切なときなのに

――こんなこと、いえない。先輩が新しい生活に向かおうとしてるのに……俺は……」

一言いうたびに涙が新たに滲《にじ》みそうになるのを、ぼくは必死に堪えた。先輩がやさしく笑ってくれればくれるほど、我慢できなかった自分が情けなくなる。

「もう……いっちゃったけど――ごめんなさい、取り消したい」

「駄目だよ。しっかり聞いたから」

先輩は悪戯《いたずら》っぽく答えて、ぼくの背中をゆっくりとなでた。

「そうか……俺もなにもいわなかったな。受験が終わるまでかまってやれないから――そのことばっかり気にしてた。終わったら、茅原に埋め合わせしてやれるって思ってたんだけど、気にしてるところが違ったな。茅原はその先を考えてたんだな」

「馬鹿だな、俺も」と呟いてから、先輩はためいきをつく。ぼくは申し訳ない気持ちでいっぱいになった。

「お、俺は……先輩のこと、ほんとは笑って送りだすつもりで――やっぱりさっきのナシ。あの泣き言は聞かなかったことにしてください」

「無理だよ。だって、おまえ、笑ってないだろ？　泣いてるじゃないか」

目許《もと》をあわててこするぼくの手をつかんで、先輩は「茅原――」と諭すように呼んだ。先輩の顔がすぐ目の前に近づいてくる。少し身をかがめて、視線を同じ高さで合わせるようにして――まっすぐに注がれる眼差しからは、目をそらすことができなくて。

「離れたらどうなるかなんて……正直なところ、俺にもわからないんだよ。でも、淋しいなら淋しいっていってくれれば、俺はおまえが淋しくならないように、できるだけ努力するよ」

いったんおさまったはずなのに、また新たな涙があふれてきた。先ほどみたいに顔をゆがませて、淋しさがこぼれる涙ではなくて――心の底にたまっていた冷たいものが、あたたかさにふれて溶けだすような涙。

ぼくはそれを拭《ぬぐ》うこともせずに流れるままにして先輩の顔を見つめた。先輩は困ったように笑う。

「それに……おまえだけが、淋しいわけがないだろ。俺だって、同じように淋しいよ。なんでわざわざ奮発して、いつも身につけてほしいって腕時計プレゼントしたと思ってる？　先輩は執着心強いんだな、って思わなかった？」

ぼくは「……全然」と首を振った。

「だって先輩は……大学に行ったら、俺よりも一緒にいて楽しいひとがいっぱいいるかもしれないし、前の彼女さんだって……東京に――」

「いつまで、そのネタ引っぱる？　茅原も結構しつこいな」

「だって……俺は……先輩に……」

訴えているうちにまた感情が昂《たか》ぶってきて、ぼくの顔は涙と鼻水でぐちゃぐちゃになった。

先輩はおかしそうに噴きだして、ハンカチでぼくの顔をぬぐってくれた。

「――そりゃ楽しいやつもいるかもしれないけど、おまえに勝てるやつはそうそういないよ。ほら、いってるそばから面白い顔になってる。それに……実は俺も、茅原があまりにも離れることに関してなにもいわないから、少し淋しいって思ってたんだけど――まさかこんなに泣かれるとは思ってなかったよ」

「…………」

先輩なんか――と悪態をつこうと思っても、なにも言葉が出てこない。胸のなかに想いがあふれきて、ふくらみすぎて痛い。

「困ったな。どうしたら、茅原に伝わるのかな。俺が――おまえのこと、ちゃんと考えてるって」

もう伝わってる――といいたかったけれど、口を開いたら、せっかくおさまった涙がまたあふれてしまいそうで、ぼくは唇を結んだままでいた。

「先輩……」

ようやくその一言だけを押しだしたけれども、言葉は続かなかった。先輩はぼくの涙が滲んだ眦《まなじり》をきゅっと指でぬぐいながら微笑む。

「大丈夫だよ。どこにいても、いまの泣き顔を思い出して、俺はおまえのことを想ってるよ」

卒業式は、先輩の門出を祝うような晴天だった。

うららかな陽光の下、卒業証書を受け取った卒業生たちの笑い声が構内に響く。記念写真を撮っている姿をあちらこちらで見かけた。

「先輩」

ぼくは正門近くのところで真島さんたちにカメラをかまえている先輩をつかまえる。

「――茅原」

先輩はぼくの姿を認めると、春の日差しに負けないくらいの華やかな笑顔を見せてくれた。

先輩の制服姿もこれで見納めだった。ぼくは脳内の記憶倉庫にしっかりと刻み込もうと、その姿を凝視する。

「なんだよ」

先輩は少し照れたように目をそらす。

「おい、並べ並べ。写真撮ってやるから」

真島さんが先輩からカメラを奪い取って、ぼくたちにレンズを向けた。

ぼくはあわてて髪をととのえて先輩の隣に並んだけれども、シャッターが切られる前に、

先輩に横から髪の毛をぐしゃっと乱されてしまった。

「ちょっと、先輩っ。ひどいな」

ぼくが抗議しても、先輩はどこ吹く風で笑うばかりだった。そんなところをもう一度写真に撮られてしまい、ぼくは真島さんを睨みつける。

「真島さんも、変な写真撮らないでください」

「怖い顔するなよ。いいじゃんか。思い出なんだから。……ほら、じゃあ、今度は茅原ひとりで。いくらでもすました顔していいから」

「俺ひとりを撮ったってしょうがないでしょ。先輩たちの卒業式なんだから」

「――これは、坂江用」

え、と目を瞠るぼくに、真島さんはすかさずカメラを向ける。

「どうせ、茅原は坂江のために写真、用意してあげてないんだろ。駄目だよ、これから離れ離れになるんだから。ひとりで淋しく夜を過ごす彼のために、ちゃんとベストショットを撮っておかないと」

じわじわと頬が赤くなる。真島さんに「あ、その顔、いいね」とからかわれてシャッターを押されても、ぼくは言葉を失ったままなにもいえなかった。

真島さんが「坂江、データはあとで送ってやるから」と声をかけると、先輩は動じることもなく「ああ」と応える。

真島さんが少し離れたところで話している他の友達たちのところに行ってしまってから、ぼくはようやく隣に立っている先輩を見やる。

「先輩……？　真島さん、やっぱり知ってるみたいですけど……？」

先輩はわずかに決まりが悪そうに「そうだな」と呟いてから、ぼくから目をそらした。

「先輩？」

「――話した」

ぼくは「え」と大声をあげかけて、あわてて声をひそめる。

「いつ？」

「いつって――だいぶ前のことだよ。茅原が最初に『気づいてるみたいだ』っていったとき」

「え？　な、なんで？　それってほんとに……去年……俺が一年の冬ですよね？　そんなに早く？」

「いや、いろいろと面倒くさいからさ」

「面倒くさいって……どういうことですか？　俺になにもいわないで。俺、いままでずっと、真島さんと話すたびにビクビクしてたのに」

「あいつにちゃんといっておかないと、またよけいな世話を焼こうとするだろ。おまえもいつまでも彼女のことを気にしてるし」

真島さんと先輩の元彼女が一緒に歩いていたときのことを思い出して、ぼくはやっと理解した。はっきりとつきあっている相手がいるといわないと、また真島さんを通してややこしいことになると判断したから……？

「それなら、そうとはっきりいってくれればよかったのに」

「茅原が『気づいてるみたい』って心配そうな顔をしてたから。真島に知られるのが恥ずかしいのかと思ってたんだけど——」

先輩は不本意そうな顔を見せた。

「で、でも真島さん、知ってるくせに……俺にずいぶん意味ありげなこといって——」

「茅原には絶対に知ってることをいうなって釘《くぎ》さしておいたんだけどな。おもしろがってるんだろ」

しようのないやつだ、と顔をしかめる先輩に、ぼくは首をひねる。先輩は真島さんに知られることについてはなんとも思っていないようだった。ぼくと先輩の感覚が違うのはいつものことだけど……。

「先輩って——変わってますよね」

先輩は少し意地悪な笑みを返してくる。

「真島にもいわれた。変わった趣味してるって」

「なんでそこに結びつけるんですか」

ぼくは先輩を睨みつけたものの、ふくれっ面《つら》も長くは続かなかった。ふわりと春のにおいがするような風が吹いてきたから。

その風の行方を追いかけるようにして、やさしい光に満ちている風景に視線をめぐらせた。目を細めながら、陽光の差す方向を見上げる。春らしく霞《かすみ》がかった青い空が、ぼくたちを見下ろしていた。先輩と出会った初夏から続いている空——季節ごとに色を変えて、晴れたり曇ったり、まるで感情を映すみたいにめまぐるしく変わる。

あたたかな陽光を映すように、今日はとてもやわらかな色をしていた。

「……先輩、そろそろ時間じゃないですか。クラスの謝恩会があるんでしょう」

先輩からもらった腕時計で「ほら」と時間を示すと、先輩は唇をほころばせた。

少し離れたところにいた真島さんたちも歩きだしながら、「坂江、行くぞ」と声をかけてくる。先輩は気遣わしげにぼくを見た。

「茅原は——？」

「俺も、もう帰りますよ。今日も自転車できたから」

ぼくは自転車置き場の方向を指差した。

「じゃあ……今夜にでも、また電話するから」

先輩はぼくが先に自転車置き場に行くのを待っているらしく、なかなか動こうとしない。

「先輩、真島さんたち、行っちゃいますよ。早く行かないと」

「ああ……」

先輩は名残《なごり》惜しげにぼくを見つめた。その視線に、きゅっと胸の底が引き絞られたけれども、かすかな痛みを堪えて微笑んだ。

「行ってください。いつも帰り道の交差点で先輩が俺を見送ってくれたから——今日は、俺が先輩を見送ってあげる」

先輩は驚いたように目を見開いたあと、眦を下げて微笑んだ。

じゃあ、と真島さんたちのあとを追う先輩の後ろ姿を見て、ぼくは「あ」といいわすれていたことに気づく。

「先輩——！　卒業、おめでとうございます！」

空気を震わせるほどの大声で叫んだ。

先輩は足を止めて振り返って、「おう」と笑顔で手を振ってくれた。ぼくも笑って精一杯手を振り返す。やわらかな青空に、目がかすかに潤む。

青すぎて、眩《まぶ》しい。霞がかった目に映る情景は、いつまでも決して褪《あ》せない空の色のように、心の底に深く刻みこまれる。

願わくは、このきれいな空が——ぼくたちをずっと見守っていてくれますように。

時折、こちらを振り返りながら楽しげに友達と連れ立って歩いていく先輩の背中に、ぼくはいつまでも手を振り続けた。

あとがき

はじめまして。こんにちは。杉原理生です。

このたびは拙作『夏服』を手にとってくださって、ありがとうございました。数年前の雑誌掲載作を文庫にしていただきました。

青春ど真ん中というか、高校生ものです。大人になった姿も出てきますが。

文庫化するにあたって、雑誌掲載から何年もたっているので、続きが書けるか不安だったのですが、茅原と先輩はとっても動かしやすいキャラで、頭のなかでイメージしたとおりに書けたかな、と思います。

今回はあとがきをいつもより多く書いてくださいと担当様から依頼されているのですが、なにもいいネタを思いつかないため、収録されている各作品について少し語ります。


まずは表題作の「夏服」。わたしは基本的にタイトルありきで書くので、このお話もそうです。「夏服」の語感で浮かんでくるものを並べてお話をつくりました。自転車に乗って走るシーンが一番書きたかったところです。風を切る白いシャツ、最高です。

「キスとカレーパン」。このカップルはとにかく甘いので、辛いカレーパンを食べさせてみたのですが、結局なにを食わせても甘かったという……。

「クリスマスとアイスクリーム」。高校生同士なので、ひたすらかわいい二人です。

「日なたとワイシャツ」。大人になったふたりも見たいと担当様からいわれて、考えました。書きたかったのは、風にはためく白いワイシャツ。洗濯のCMみたいだけど、萌えます。

「卒業」。これは「夏服」と対をなすほど、いろいろな想像力をかきたててくれる言葉です。「夏服」を本にしてもらったら、ラストのお話はこのタイトルだと決めていました。

キャラについて、茅原はソーダ水みたいに弾けてかわいい感じ、先輩は憎らしいほど爽やかな男前を目指して書きました。先輩にからかわれる茅原を書くのが一番楽しかったです。

さて、そろそろお世話になった方に御礼を。

イラストは、テクノサマタ先生にお願いすることができました。まずはキャララフで、表情を生き生きととらえてくださっていることに感動しました。先輩がまずそうにパンを早食いしているところをラフでくださったのですが、お見せできないのが残念なくらいです。口絵と表紙のラフも何パターンも書いてくださって、選ぶのに迷って「全部描いてほしいです」といってしまったほどでした。お忙しいところ、素敵な絵をありがとうございました。

お世話になっている担当様、いつもご迷惑をかけております。あまり期待に応えられない

愁堂れな［罪な沈黙］
ill.陸裕千景子●580円(本体価格552円)
麻生雪奈
［ひそやかに、降るように。］
ill.高星麻子●560円(本体価格533円)
杉原理生［夏服］
ill.テクノサマタ●580円(本体価格552円)
榊 花月
［プライドの報酬］
ill.田倉トヲル●600円(本体価格571円)
きたざわ尋子
［嘘だっていいのに］
ill.麻々原絵里依●580円(本体価格552円)
崎谷はるひ
文庫化
［ささやくように触れて］
ill.緒田涼歌●560円(本体価格533円)
〈2009 年ルチル文庫 崎谷はるひ連続刊行フェア開催中!!〉
人気シリーズの最新作や待望の文庫化など、続々刊行予定!!
対象作品の帯についている応募券＋為替で、書き下ろし番外編収録のスペシャルな小冊子を応募者全員にお届けします。
幻冬舎 ルチル文庫 11月刊
毎月15日発売
全サ・フェアの詳細・最新情報は【ルチル編集部ブログ】http://www.gentosha-comics.net/rutile/blog/

胸ときめく珠玉のグローイングアップ・ラブストーリー！
『いとしのニーナ』
いくえみ綾
表紙で登場。
涙あり笑いありの新説(!?)政宗伝に刮目！
『姫武将政宗伝 ぼんたん!!』
川キネコ
『やぶとはなもも』有間しのぶ
共感・笑撃《ショー》のwithキャット・デイズ！
好評 隔月連載!
[ゴージャス・カラット　LaEsperanza―希望の聖母―]氷栗 優／[デアマンテ―天領華闘牌―]碧也ぴんく／[つづきはまた明日]紺野キタ／[エリュシオン　青宵廻廊」市東亮子／[小姓のおしごとリターンズ!]松山花子／[黒甜ばくや薬笥ノ帖]群青／[カラマーゾフの兄弟]及川由美(ドストエフスキー「カラマーゾフの兄弟」より)／[名探偵　音野順の事件簿]作画：山本小鉄子　原作：北山猛邦(東京創元社「踊るジョーカー 名探偵 音野順の事件簿」より)／[机上《デスクトップ》意思マスター]新井理恵／[Under the Rose 春の賛歌]船戸明里
本格漫画誌配信サイト GENZO http://www.gentosha-comics.net/genzo
2009年11/27配信
Webスピカ 12月号
●毎月28日配信
●210円(税込)
澄みわたる冬空にきらめくWebスピカ12月号!!
ケータイ版、docomo・SoftBank・auで大好評配信中!
▼【アクセス方法】
au　トップメニュー　カテゴリ(メニューリスト)　電子書籍・コミック・写真集　コミック　GENZO/幻冬舎コミックス
SoftBank　Yahoo!ケータイ　メニューリスト　書籍・コミック・写真集　電子コミック　GENZO/幻冬舎コミックス
docomo　iMenu　メニューリスト　コミック/小説/写真集　GENZO/幻冬舎コミックス
一之瀬綾子
葉芝真己
【大好評連載陣】
葉芝真己
山本小鉄子
Unit Vanilla
＋ヤマダサクラコ
一穂ミチ＋竹美家らら
一之瀬綾子
蛇龍どくろ／木々
やしきゆかり
田中鈴木
神奈木 智
＋桃月はるか
センターカラー
モチメ子
『恋するバラ色店長』
本誌初登場 &新連載
センターカラー
秋葉東子
『その恋にはケがある』
最終回
【シリーズ読みきり】
三池ろむこ／吹山りこ／語シスコ
雁須磨子／小鳩めばる
【読みきり】佐倉ハイジ

芳純は、茨森学院高等部の特科＝特別選択科目コースの担任の先生。
芳純自身もこの学校の卒業で、かつて薔薇園で交わした恋に縛られ、
ここから出ることができずにいた。芳純のクラスの三年生・花見
川は、高校生気象予報士としてTV出演もして人気を得ていたが、
芳純のことばかり気になり、やがて恋を自覚する。教師と生徒——
本来ならば許されない恋に、二人は……？
バーズコミックス　ルチルコレクション●B6判●650円（本体価
2009年
11/24
発売
遙々アルク
極東追憶博物館
東の最果ての地——。祖国を離れ小さな博物館の入場券係として働く青年
と受付口で垣間見えたその美しい「手」に一目惚れした学生。嘘と誤解が
積み重なり、実ることなく散るかに思われたその恋は……!?　時にユーモ
ラスに時に痛みを伴いながらも全て幸福な結末に辿りつく珠玉の短編集。
同人誌発表作と描き下ろしも収録。
バーズコミックス　ルチルコレクション●B6判●650円（本体価格619円）
ルチル vol.33
定価680円
（本体価格648円）
◆奇数月22日発売◆隔月刊
キュート＆スウィートなボーイズ
ルチルやルチル文庫などの
最新情報を随時更新中！
ルチル編集部ブログ
http://www.gentosha-comics.net/rutile/blog
表紙イラスト図書カード応募者全員サービス!!
2009年11月21日土発売
[ACID TOWN]
巻頭カラー
九號
恋などとうに成就してた
イシノアヤ
市東亮子
2009年
11/24
発売
バーズコミックス
ガールズコレクション
●新書判●473円（本体価格450円）

書き手で申し訳ありません。これからも頑張りますので、どうぞよろしくお願いいたします。

そして最後になりましたが、読んでくださった皆様にも、あらためて御礼を申し上げます。

高校の頃、なにをしてたかとか、なにを考えてたとか、もうすでに記憶の細部は遙か彼方なのですが、衣替えのときの不思議と身が引き締まるような気持ちはよく覚えています。白いシャツと制汗剤のにおいとか、箱ひだスカートの重たく翻る感じとか、首すじに照りつけてくる日差しの痛さとか、そんな断片的なことばかりが鮮明です。自転車で遅刻するまいと懸命に走ったこととかも。大きな車が行き交う道路を、どうしてあんなに早く走れたのか。大人になると、それほどスピードを上げて自転車で走る機会もないので。

「先輩」と呟いたときの、甘酸っぱさを味わっていただければ幸いです。

杉原　理生

✦初出　夏服……………………………………………小説b－Boy（2003年7月）
キスとカレーパン…………………………個人サイト掲載作品（2003年7月）
クリスマスとアイスクリーム……書き下ろし
日なたとワイシャツ…………………………書き下ろし
卒業……………………………………………書き下ろし

杉原理生先生、テクノサマタ先生へのお便り、本作品に関するご意見、ご感想などは
〒151-0051 東京都渋谷区千駄ヶ谷4-9-7
幻冬舎コミックス　ルチル文庫「夏服」係まで。

幻冬舎ルチル文庫

夏服

2009年11月20日　第1刷発行

✦著者	杉原理生　すぎはら りお
✦発行人	伊藤嘉彦
✦発行元	株式会社 幻冬舎コミックス 〒151-0051 東京都渋谷区千駄ヶ谷4-9-7 電話 03(5411)6432[編集]
✦発売元	株式会社 幻冬舎 〒151-0051 東京都渋谷区千駄ヶ谷4-9-7 電話 03(5411)6222[営業] 振替 00120-8-767643
✦印刷・製本所	中央精版印刷株式会社

✦検印廃止

ISBN978-4-344-81819-4　C0193　Printed in Japan